La apertura cubana

Sudaquia
editores

New York, NY.

Colección Sudaquia

La apertura cubana

Alexis Romay

Sudaquia Editores.
New York, NY.

LA APERTURA CUBANA BY ALEXIS ROMAY
Copyright © 2013 by Alexis Romay All rights reserved
La apertura cubana

Published by Sudaquia Editores
Cover and book design by Jean Pierre Felce
Cover image by Geandy Pavón
Author photo by Simone Sammartino

First Edition Sudaquia Editores: December 2013
Sudaquia Editores Copyright © 2013 All rights reserved.

Printed in the United States of America

ISBN-10 1938978420
ISBN-13 978-1-938978-42-5
10 9 8 7 6 5 4 3 2 1

Sudaquia Group LLC
New York, NY

For information or any inquires: central@sudaquia.net

www.sudaquia.net

The Sudaquia Editores logo is a registered trademark of Sudaquia Group, LLC

Índice

Esta novela va dedicada a mi tío Israel Romay —quien desde mi más temprana infancia me inició en el ajedrez, desentrañando para mí las mil y una variantes de la Ruy López, también conocida como "apertura española"—, con la esperanza de poder continuar esa partida que dejamos trunca hace más de una década y que empezaba así: 1.d4.

A.R.

«Esto no es nada comparado con lo que vas a escuchar».

Scheherezada — *Las mil y una noches*

«—Hypocrite lecteur, —mon semblable, —mon frère!».

Baudelaire — *Les Fleurs Du Mal*

[24 de febrero de 1996]

Le repito que era una tarde perfecta —aunque quizá el clima andaba unos grados por debajo del gusto de los habitantes acostumbrados a amanecer en el trópico—, pero la perfección de la tarde existía, expuesta contra el cielo como un paciente anestesiado sobre la mesa de operaciones, con ese firmamento de gloria que a menudo se gasta el lujo esta zona del mundo y alguna que otra nube indiscreta que se atrevía a interponerse entre el astro rey y sus súbditos a ambos lados del Estrecho de la Florida, pero, por lo demás, no hay mejor forma de definir el panorama que declarándolo como algo completamente típico del Trópico. Era una tarde perfecta. Pero era también la tarde del 24 de febrero de 1996, fecha que ya por siempre será aciaga pues, como usted sabe, al filo de las tres de la tarde, unos aviones de guerra de la fuerza aérea cubana derribaron dos avionetas Cesna de la organización Hermanos al Rescate, que es no gubernamental y sin fines de lucro y tiene sede en Miami. Las avionetas —cada una con su piloto y copiloto y junto a una tercera que logró escapar— sobrevolaban algún punto todavía disputado de las aguas del mar Caribe. Supongo que el gobierno cubano insistirá en que habían penetrado el espacio aéreo de la isla; la organización de marras reiterará que sus avionetas se hallaban sobre el azul marino de las aguas internacionales. Y yo siempre me preguntaré qué diferencia hay entre unos metros de más y unos metros de menos, si al final de la jornada el cómputo es el mismo: cuatro vidas que fueron a dar al fondo de ese mar que guarda miles de muertos. Pero eso no es lo que importa ahora. Lo que viene a cuento es que, según me contaba nuestro piloto, en la mañana de hoy, 24 de febrero, una red de espías cubanos —radicada en Estados Unidos— avisó a las autoridades de la isla de las intenciones de los pilotos de los Cesna de sobrevolar el cementerio marino en el que se había convertido este triste mar de los sargazos. Y luego de alertar a sus contactos de la seguridad del estado cubana, varios de los miembros de la red de espías, que ya sabían quemada su coartada de febriles anticastristas, intentaron darse a la fuga. Todos fueron atrapados por los servicios de contrainteligencia de los Estados Unidos. Pero usted sabe que toda regla tiene su excepción.

He pasado horas y horas atando cabos. Y esto es lo que he sacado en claro: el 24 de febrero de 1996, a las ocho de la mañana, el ciudadano canadiense René López Orrio abordó —en el aeropuerto internacional de Miami— el vuelo número B44 de American Airlines, con destino a Nassau, Bahamas. Al poco rato de despegar, López Orrio —que había pedido ventanilla y dibujaba cúmulos nimbo con desgano en una recién comprada libreta de notas— se excusó con el pasajero que se hallaba a su lado y se levantó para ir al baño. Luego de un tiempo que nadie sabrá precisar, salió como un bólido del diminuto excusado, caminó los treinta pasos que lo separaban de la cabina del piloto y, cuando la azafata se le interpuso, de la nada —más bien, del bolsillo de su gabán (que nunca se quitó)— extrajo una diminuta pistola y amenazó a la rubia uniformada. No fue la turbulencia, sino el pánico lo que sacudió al avión de arriba abajo.

La aeromoza no tuvo tiempo de dar la alarma: el pasajero (ya para ese entonces *secuestrador*) la tomó del brazo y, poniéndole el cañón en las sienes, entró a la cabina de la nave, rastrilló el arma y obligó al piloto, primero, a desconectar la conexión radial con la aviación civil de su país, y, segundo, a desviar el vuelo a tierras cubanas.

La nave debía haber aterrizado en el aeropuerto internacional José Martí, el más concurrido de la isla, perdido en las afueras de La Habana, pero las autoridades, supongo que queriendo evitar o, en el peor de los casos, posponer una pesadilla mediática, le negaron el permiso de tocar tierra capitalina y lo mandaron al mucho más modesto y pueblerino aeropuerto de Pinar del Río. Yo, la verdad, no me imaginaba que Pinar del Río tenía aeropuerto. Y eso se lo achaco a la mala fama que tiene esta provincia. ¿Qué mala fama? Que si tienen incendios en la estación de bomberos, que si se producen robos en la estación de policía, que si dejan una máquina de mezclar cemento en el lobby de un cine y tienen que destruir una pared para sacarla y luego se dan cuenta de que cabía por la puerta, que si... Bueno, bueno, tampoco tiene que insultarse, que fue usted quien me preguntó, eh.

Le decía que el avión secuestrado —con capacidad para unas 80 personas— contaba con sólo 34 ocupantes (excluida la tripulación) y había volado de Montreal a la Florida, donde hizo escala para dejar y recoger pasajeros, de ahí que estos se repartieran de la siguiente forma: 18 norteamericanos, 10 canadienses, dos italianos, una pareja de puertorriqueños, Richard (mi novio) y yo.

Al llegar al antedicho aeropuerto de Pinar del Río, el secuestrador nos dejó salir uno a uno del avión (del cual corrimos como gamos en fuga tan sólo de poner pies en la pista). Ya en tierra y pasado el susto inicial, notamos una caravana de autos militares estacionados a unos metros de la nave y alguien que, visto desde este lado del cristal, parecía un alto oficial del ejército, por la forma en que todos se le dirigían. Entonces, las autoridades cubanas, contrario a lo que el inocente de Richard esperaba, en lugar de arrestar al secuestrador, lo recibieron con honores de hijo pródigo. El pobre, estaba empezando a perder la compostura (Richard, digo). Esa actitud —para él (que puso a Clinton en la Casa Blanca y está en contra del embargo que aquí ustedes llaman *bloqueo*) tan inesperada— del gobierno cubano se le fue metiendo debajo de los poros y por más que le repitiera que lo que pasara con el secuestrador no era asunto nuestro —que en breve estaríamos otra vez a 30 mil pies de altura, olvidando este ridículo interludio y rumbo a nuestras para entonces sí bien merecidas vacaciones en Long Island, que es una islita pequeña a media hora de vuelo de Nassau, en donde cambiaríamos de avión (si no se interponía otro chiflado con pistola de bolsillo)—, pero dale Richard con el canasto y el infeliz se puso a sudar frío y le dio ese ataque de pánico que les llamó tanto la atención y, a la larga, me trajo a esta habitación fría, enferma de luces de neón y que, en definitiva, lo ha puesto a usted a repetirme hasta el infinito la misma pregunta: ¿por qué aparece "La Habana" en la casilla correspondiente a "lugar de nacimiento" en mi flamante pasaporte norteamericano? Y yo le tengo que responder una y otra vez lo que usted ya sabe: que esa ciudad en este pasaporte es un accidente histórico.

¿Que cómo sabía yo la nacionalidad de los pasajeros? Pero si nos tuvieron casi medio día como sardinas en lata en una habitación de este aeropuerto de provincias, caballero. Sí, no me pregunte lo que está más claro que el café con el que nos dieron la bienvenida, por supuesto que también estaban los miembros de la tripulación de la nave. De ahí es de dónde conocí el modelo de ese dichoso artefacto volador y algún otro detalle técnico que le prometo olvidaré inmediatamente después de salir de este cuarto, de esta isla, de este suplicio, que si no fuera por lo irrisorio de la situación sería espeluznante.

Sí, mi madre participó como voluntaria en las brigadas Venceremos, y trabajó en par de provincias e igual número de campamentos, pero a mí no me incrimine con sus creencias ideológicas —debería decir *religiosas*, que la ideología es una religión, como otra cualquiera—, que yo no tengo nada que ver con eso: recuerde que su aventura cubana ocurrió en 1969, cuando yo todavía no había nacido. ¿Que por qué lo hizo? Vaya usted a saber. A lo mejor para acallar el complejo de culpa de haber crecido con todas las comodidades habidas y por haber —en un inmenso apartamento neoyorquino— y haber asistido a las mejores escuelas privadas de ese país, desde que tuvo uso de razón hasta que recibió su licenciatura en literatura comparada en la universidad de Barnard. No olvide que hablamos de los sesenta, década que puso de moda la sicodelia, el amor libre, las camisas estrechas, los pelos largos y los pantalones campana, y que aun por esos días echaban humo las cenizas del mayo de París y que un año antes de eso le habían pasado la cuenta en Bolivia a su *poster boy*, sí, el favorito de Hollywood, el de la estrellita en la boina, el de las camisetas, que no lo respeto ni dejo de respetarlo, que yo estoy en este cuartucho en contra de mi voluntad luego de que secuestraran mi avión y que le he pedido una y otra vez que me deje comunicarme con el consulado de mi país y usted —sus superiores, bien, para el caso son la misma cosa— me ha negado ese derecho, ah, que aquí es un privilegio, en cada ocasión. O sea, que me lo niega otra vez. El privilegio. Bueno, pues igual, le sigo contando, a ver si así me entretengo y mato esta abulia que no cabe en un bolero. Hablando de esparcimiento: ¿juega usted al ajedrez? No sabe. Me extraña que siendo araña se caiga de la pared. Pero le puedo enseñar. Sí, toma tiempo, pero parece que si algo vamos a desperdiciar en estas sesiones es eso.

Pues, como ya le he dicho, la pobre mujer, sí, mi madre —que por aquel entonces no era ni una cosa ni la otra, ni pobre, ni mujer (si acaso muchachita, recién graduada de una de las más notables universidades norteamericanas, y más inocente que un vaso de leche recién ordeñada)—, vivió en Cuba un par de años, mientras padeció del por entonces incurable virus revolucionario, en medio de una incontenible euforia tercermundista que arrasó con parte de la juventud neoyorquina, y la muy bruta estuvo a punto de renunciar a su ciudadanía norteamericana y todo a raíz de conocer —en su campamento de jóvenes que soñaban con ser de todos los confines del mundo— a uno de esos mulatos irrepetibles que al parecer acá fabrican a mano y qué le cuento que no se imagine: se prendó del tipo y ahí mismo reafirmó su compromiso con la causa del proletariado mundial y la madre de los tomates, mientras doblaba el lomo en el surco y tomaba ron en las noches estrelladas de la campiña cubana —no se ría, teniente, perdón, capitán, la frase es de ella, me la repitió, en español, mil veces, durante mi infancia— y volvía a trabajar a treinta grados a la sombra, soñando con expiar por fin sus culpas capitalistas. (Esto usted no lo sabrá, pero si algo podemos exportar los judíos —¡que nunca ha conocido un judío!, pero, señor, está bien, compañero, si no hay nada que se parezca más a un judío que un cubano—, le repito, es la culpa; la culpa podría ser nuestra principal fuente de exportación, de quién va a ser, quiénes somos nosotros, de quién estamos hablando, alma bendita, ¡de los judíos!).

Pero mire que todo lo que sube tiene que bajar y nada es infinito en esta vida, ni siquiera esta entrevista, vale, *interrogatorio*, como usted prefiera. Le decía que en medio del sudor derramado en las múltiples faenas revolucionarias y la incesante cópula a cielo abierto —eh, no se sonroje que eso no es nada del otro mundo— con el mulato, se enamoró —así cualquiera, dirían mis amigas— de este señor, bien, compañero revolucionario cubano y toda la retahíla de nombres que usted le asigne, y hasta contempló la idea de quedarse a vivir aquí en esta isla y rompió su pasaporte norteamericano la noche que dejó de beber ron, que fue precisamente la noche en que se enteró que estaba en estado. Sí, claro que de mí. ¿Pero usted de verdad que es capitán? No, por nada. Y luego en mi país hablan de inflación. No se preocupe. Yo sí me entiendo. Bueno, a la mañana siguiente, la noticia corrió como pólvora seca por todo el campamento y hubo explosiones de alegría en la brigada de internacionalistas proletarios de todos los países del mundo, uníos, y el alto mando de las brigadas no tardó en prohibirle trabajar en labores agrícolas durante el proceso de gestación. Le asignaron la cocina y por eso hoy por hoy es la única judía en Nueva York capaz de cocinar un potaje de frijoles negros que ni Mamá Inés. Tendría, entonces, siete semanas de embarazo. Pero vuelvo a lo del carácter finito de todo en esta vida: resulta que

—este detalle me lo contaron mis abuelos, maternos, obvio—, desde el cuarto mes, mi padre biológico, sí, ese mismo, algo tengo que llamarlo, ¿no?, empezó a insistir en que le pusieran María de nombre a la criatura, sí, a mí, que no tenemos toda la noche para esta gracia y se me va a ir el próximo vuelo de regreso a *mi* país. Pero no vamos a terminar más nunca si me sigue interrumpiendo. No, yo no, arme usted su rompecabezas, bastante que le tengo que dar pelos y señales y responderle este cuéntame-tu-vida involuntario. Le decía que mi madre ya había accedido a colgarme el nombrecito y, a pesar de las advertencias de las otras empleadas de cocina, que si el sol de la carretera, que si el sopor vespertino, que si le daba una fatiga o un soponcio en medio del campo quién y cómo iba a correr con ella y a dónde, se apareció una tarde en el campo a preguntar por Roberto. ¿Qué si caminó hasta allá? Por Dios. Para nada, si los surcos quedaban como a cinco kilómetros de los albergues y, además, ¿no le dije que tenía una barrigona que sus amigos de entonces pensaban que éramos trillizos? En un tractor, dando tumbos. Y no me abortó de milagro. Al llegar a los dichosos surcos, saltó (es un decir) del tractor, con un pan con guayaba, un porrón de agua y la noticia de que había decidido que la niña se llamaría María. Y salió en busca de su alma gemela, que también se había unido a las brigadas Venceremos para apoyar la productividad revolucionaria y que quería trabajar con tesón y con ahínco, pero que uno de los guajiros a cargo de las labores agrícolas de la cooperativa se lo había prohibido con una frase antológica: «Nada de eso, habanero: usted me trabaja solo: Tesón puede trabajar en el surco de al lado y Ahínco en el otro». ¿Y qué se encontró mi madre en medio de los matorrales donde sólo unos meses antes había gozado desnuda y despatarrada, como si estuviera desquitándose por haberse perdido todo el sexo desperdiciado en Woodstock? Pues por supuesto que a Roberto, enredado en un Kama Sutra profesional con la tal María. Y por poco me aborta por segunda vez en el día. Y por eso me encasquetó este nombre, porque no tiene ni M ni A ni R ni I. Tenía siete meses de embarazo la muy suertuda. Despertó esa misma noche en el hospital de Maternidad de Línea, sí, claro que en el Vedado, ¿usted nunca ha ido a La Habana?, yo tampoco, ni me interesa. Roberto estaba al pie de la cama, llorando y repitiendo hasta el cansancio que los hombres no lloran y que eso sólo lo hacía por ella —que él no había llorado ni en los funerales de su mamá grande—, porque de verdad que la quería a ella y a más nadie que a ella, que lo de María era para matar las ganas porque uno no es de hierro, pero que tan pronto naciera la niña dejaba a la amante y que, además, eso era muy normal y, si no le creía, que le preguntara a cualquiera de sus compañeros cubanos y todos le iban a decir lo mismo: que tener una querida durante el embarazo de la pareja de uno era lo más natural del mundo. Y la, ahora sí, pobre mujer rompió en cólera y le quiso tirar un jarrón por la cabeza y por un tilín no nací sietemesina.

Entonces el sueño de hermandad entre los pueblos de Estados Unidos y Cuba se le fue a bolina y aquel invencible delirio socialista vio que la puerta de la habitación del hospital estaba abierta y cogió y se fue al carajo, determinado a no regresar más nunca. Roberto salió por la misma puerta un poco más tarde. A la semana le dieron el alta (a mi madre, Roberto no estaba ingresado, ¡qué densidad!), con la condición de que tenía que pasar lo que quedaba del embarazo más tranquila que un asceta. Ah —y he aquí la clave de mi fatalidad geográfica y de este diálogo que se extiende sin que usted entienda—, el médico incluyó en el catauro de prohibiciones la consabida restricción a montarse en un aeroplano durante ese último trimestre.

Sin dinero, sin familia y con una barriga que llegaba al menos dos minutos antes que ella a cualquier lugar, la judía errante terminó parando en casa de Roberto —que para entonces había regresado a La Habana y trabajaba en el Ministerio de Relaciones Exteriores—, cohabitando con su ex amor y su señora madre, la de él —que había enviudado por esos días y tenía el hígado del tamaño de un garbanzo—. Después de establecerse en la casa del personaje —quien (todo sea dicho), desde que le tocó hacer de anfitrión se portó como un caballero envuelto en su armadura brillante y a cada rato le insistía que volviera con él, que, ya que hablamos de caballería, María pertenecía a la historia del Medioevo, que no sabe qué es eso, capitán, nada, agua pasada («agua bajo el puente» le diría en mi otro idioma, pero temo que también se quede en Babia, que ya le he dejado caer un par de anglicismos y usted como la de Lima, con L mayúscula, la capital, no el cítrico, que es más amargo que las lágrimas negras del bolero)—, lo primero que hizo mi madre fue ponerse en contacto con la suya, a quien había dejado de hablar desde que pisó «la tierra más hermosa que ojos humanos vieran» —no en balde los cubanos tienen ese delirio de grandeza: ¡la culpa es de Colón por haberles regalado ese disparate temprano!— y le contó muy a *grosso modo*, cómo que al almirante, capitán, a su madre, mi abuela, que ya había aprendido la lección y que estaba lista para regresar a casa, pero que como en la isla aún no había embajada —bueno, *todavía* no la hay, por una vez no se equivoca— ni sección consular de los Estados Unidos, tenía que hacerse un pasaporte nuevo pues el original se le había perdido. En esa oportunidad no mencionó los casi ocho meses de embarazo, que el horno era rústico y no estaba para pastelitos. No, si yo soy la primera en admitir que esto puede sonar a melodrama de TV Globo, y de los más malitos, pero no me eche la culpa a mí, que se lo juro por Vinicius de Moraes que no me lo invento.

Las nueve semanas que mi madre vivió en casa de Roberto ya han sido descritas en el libro de Dante Alighieri, espero que no le tenga que decir a cuál me refiero, y fueron usadas en ese contexto, con tino y tristeza, para captar el tormento de Ugolino, que pernoctaba (siempre es de noche en ese lugar, ¿lo sabía usted?) en el noveno círculo del infierno y en cuyo dilema «el hambre pudo más que el dolor». ¿Que si de verdad soy judía, con este nombre y estos rasgos, y crecí en el noreste de Estados Unidos, de dónde saco estas palabras que usted no conoce? Mire, aquí en plena confidencia le confieso con esta boca que un día será polvo que no he querido evitar el pleonasmo y, ya ve, de nuevo nos desviamos del tema. Mi madre decía —y dice, si me oye hablando de ella en pretérito me va a retirar el derecho a hablar español en su presencia— que ella quería, vale, *aun quiere* que yo domine esta lengua como un acto de venganza por ella haber sido conquistada por un hispano y si la deja, en menos de lo que la gallina pone, desenrolla un complejo de Malinche inverso —no, créame que no le voy a explicar quién es la Malinche— que no hay quien entienda y que por suerte para fatigarlo le paga a su analista y ni usted, distinguido capitán pinareño, ni yo tenemos vela en ese entierro. Hablando de gallinas: volvamos con ellas al grano. La madre de Roberto —ya ve que esto, faltaría más, es una historia de madres—

era blanca y atea en público y católica una vez encerrada en las cuatro paredes de su asfixiante apartamento. Y lo del judaísmo a esta vieja bruja no le entraba ni atrás ni alante y se la pasaba maldiciendo en español —ignorando quizá que mi madre había estudiado esta lengua hasta con Emir Rodríguez Monegal en un semestre de visita en Yale, tampoco lo conoce, ¿verdad?— y le lanzaba unos dardos —mal de ojo, que le dicen— en cada mirada a la barrigona, que la pobre mujer perdió el apetito, dejó de comer y casi se puso anémica en los penúltimos días de mi estancia in útero. Claro que en el caso de mi madre lo del hambre es en sentido metafórico y auto-impuesto, mientras que el desafortunado Ugolino —infeliz donde los haya y de quien aprendería Saturno— se ve forzado a comerse a sus hijos, que no sabe de qué le hablo, mire, hagamos una cosa, por qué no me trae a su oficial superior, o inferior, el rango en realidad aquí no importa, pero el problema es que si seguimos como vamos nos van a dar aquí las mil y una noches y ya que tengo que contar mi historia, a mi interlocutor le tocará cuando menos ser la otra mitad de lo narrado y sí, si quiere entender mi caso tendrá que oír —ya las ha oído y no lo sabe— alguna que otra referencia a Dante, Eliot, Borges, Cabrera Infante, ¡y no le da pena confesar que no sabe quiénes son estos señores!, pues a partir de ahora me niego rotundamente a hablar con nadie que no los haya leído. Fíjese usted con qué bueyes vamos a arar. ¡Tráiganme un crítico literario! Aquí los espero, sentadita. Mientras tanto, si me da hilo de tejer y unas agujas a lo mejor le puedo hacer honor a mi nombre.

[Fin de la transcripción].

Viernes, 15 de agosto de 1986

¡¡Querido Diario!!

¡Qué emoción tenerte en mis manos! Oye, pero en primer lugar, ¡no es justo que te encasquete ese nombre! Un diario, según tengo entendido, es algo que una lleva consigo a toda hora y a todas partes para anotar lo que le ocurre... ¡precisamente a diario! ¡Tú deberías llamarte, cuando menos, Esporádico! Por otra parte, yo sé que los diarios son (¡como el carné de identidad!) personales e intransferibles y todo eso, pero el nivel de secretismo que vamos a tener tú y yo va a romper récords nacionales y posiblemente hasta panamericanos. A que sí. ¡Porque mira que abrirle un hueco al colchón del *box spring* y meterte ahí a que duermas la siesta mientras esperas que regrese a manosear tu lindo lomo de cuero y garabatear más disparates en tu interior! Si mi madre se entera de lo fácil que es coger un cortaúñas y abrir un boquete en esta dichosa cama —que le costó el sueldo de dos meses y no me preguntes cómo lo sé: ¡si es que no ha parado de repetirlo!—, mira, le da un patatús de los buenos y hay que salir corriendo con ella para el Calixto García, que por suerte —y no a Dios gracias (que la mujer me tiene prohibido que mencione a ese señor en esta morada de ateos)— nos queda a un pestañazo. Sí, cariño, para que te enteres, tú estás aquí, conmigo, asomaditos los dos al mismo balcón, gozando esta rica e inesperada brisa nocturna de mediados de verano, en el centro del mundo, que es, por supuesto, el Vedado, en el corazón de la capital de isla de los veranos infinitos. Para que te des importancia con el resto de los diarios: eso que ves allá abajo es el Parque de los Presidentes y la avenida que lo divide lleva el mismo nombre (y también lleva al mar, como los ríos) y al otro lado de la calle, allí donde ves la parada de la 110, la 174 y el resto de las guaguas que no pasan está la residencia de los estudiantes de medicina de la Facultad de Ciencias Médicas de La Habana y si sacas un poco el cuerpo y miras hacia allá, al norte, darás con el mar que mencioné arriba y que no se ve desde esta altura pues vivo, vivimos, en el octavo piso del Palace, que quiere decir Palacio en inglés, pero lo de la realeza en este inmueble, de eso nada, monada, que somos inquilinos de un edificio del pueblo noble y trabajador. ¡Edificio del pueblo noble y trabajador ni ocho cuartos! ¡Un solar vertical es lo que es, muchacho! Si te digo que todas las malas palabras que sé hasta la fecha las aprendí antes de los seis años y cuál te crees tú que fue la fuente: el cajón de aire que da al baño de este apartamento. Sí, a esa edad fue cuando hice mi primer papelazo público y donde me nació esta inmerecida fama de oveja negra: en medio del elevador, lleno de gente (¡y de olores!, je je), le pregunté a la autora de mis días qué cosa era cagarse en el corazón de la madre de alguien. Es que no entendía la imagen. Si te pones a pensar, es bien complicadita. ¿A quién se le iba a ocurrir que la mujer se iba a escandalizar con algo que escuchábamos constantemente a través del dichoso cajón de aire y ante lo que nunca se pronunció ni a favor ni en contra? Lo cierto es que no sé qué fue más rápido, el tapaboca de ella o la carcajada de los pasajeros del ascensor. Desde entonces más nunca me he montado en esa caja metálica: subo los ocho pisos corriendo y siempre llego primero que el aparato. ¡Y fresquecita como una lechuga!

Caramba, para qué mencioné la lechuga. Acabo de recordar que se me olvidó (¡ay, qué ocurrente!) comprar los mandados. Habían llegado las papas del mes anterior al agromercado de 25 y H —¡claro que nos enteramos por el dichoso cajón de aire, chico!— y mi madre me encargó que las comprara, pero, ya ves, me enredé con los preparativos para los próximos 45 días y después te saqué de la gaveta en donde te había puesto cuando me fuiste regalado y me puse a escribir esto. Ahora cuando llegue María del Carmen (¡coge unos berrinches cuando la llamo por su nombre!) va a hacer lo de siempre, si es que ya me sé el libreto y hasta puedo escribirlo sin su ayuda: va a abrir la puerta y sin haberse desprendido de la cartera y el resto de los matules (que siempre anda como si estuviera de mudanza) me va a preguntar si compré las viandas y, acto seguido, sin esperar mi respuesta —que verdad que no los compré, ¡pero coño, que me dé por una vez el beneficio de la duda!—, se va a poner a pelear y me va a decir que si sigo así nunca voy a encontrar un buen hombre. ¡Claro! ¡Si se cae de la mata, matojo! El ladrón siempre piensa que todo el mundo roba. O sea, que como Doña Amargura se quedó para vestir santos eso quiere decir que yo jamás de los jamases voy a encontrar a mi príncipe azul porque se me pasó comprar la lechuga, que total, ya llega rancia al mostrador del dichoso agro. ¡No me jodas, María del Carmen! Si cuando te digo que ya no puedo esperar ni un minuto más para largarme de aquí. Que a esto que vivo, en el baloncesto, le dicen gardeo a presión. Y no me preguntes más del deporte de los aros y las canastas, que lo mío es el taekwondo y el atletismo. (Tatiana dice que son complementarios: tira una patada y luego mándate a correr. Pero de Tatiana hablaremos luego, que si empiezo con esa no tendré para cuando acabar).

Ay, preguntón, que todo quiere saber de la enferma la señora y quiere saber por qué llora de tristeza una mujer. Eso que acabo de escribir es un fragmento del poema más repetido (hasta el festival de bostezos) en las actividades matutinas de las escuelas de este país —enséñame un adolescente que no haya memorizado sus estrofas y te enseñaré un mentiroso—, aunque déjame decirte que el panfleto de Bonifacio Byrne sobre la banderita cubana le sigue muy de cerca los pasos. Si vieras a los declamadores (bueno, las declamadoras, que esta tareíta siempre se la sueltan a las féminas) desde esos podios improvisados, moviéndose como marionetas. ¡Qué risa, tú! Siempre que llegan a la parte en que el trapo blanco, rojo y azul, con franjas, triángulo y estrella es destrozado en menudos pedazos, se llevan las dos manos al pecho y ponen carita de ocasión, luego las abren (las manos) como queriendo abarcar a toda la audiencia y rematan el poema con una mirada al futuro (sí, aquí como aquí no se puede mirar al cielo, hay que mirar al futuro) y, las más convincentes le ponen el broche de oro de una lagrimita discreta. Y fíjate que esto lo he visto desde primer grado: o sea, que estamos hablando de nueve cursos escolares, malgastados en ese orden en una escuela primaria en 17 y J y una secundaria básica en Conill y Panorama, Nuevo Vedado.

¿Y este rodeo a santo de qué? Pues de que me gusta dar vueltas, por aquello de que existe un cielo y un estado de coma. No me lo atribuyas a mí ¡que eso es de Fito! ¿Cómo que qué Fito? ¡Páez! ¡El único! ¡Mi ídolo! ¡Tiene un swing ese flaco! Lástima que no voy a poder escucharlo en las próximas seis semanas, pero por eso me llevo una libreta con las letras de todas sus canciones, para leerlas una y otra vez y curarme de los espantos que me esperan. ¿Qué a dónde voy el próximo mes y medio? Pues, para que te pongas al día, Diario, Esporádico, o como te llames, estás hablando con Penélope Díaz, quien, a partir de mañana será estudiante de décimo grado de la Escuela Militar Camilo Cienfuegos, de Capdevila. Ya sé que no te tengo que aclarar que a esta escuela de ahora en adelante la llamaré EMCC, Capdevila o simplemente Los Camilitos. Y, claro, que yo y mis compañeros de clase seremos, en lo que sigue, camilitos, a secas. Ya lo sé, ¡pero es que quiero llenar tus primeras páginas! Y además escribo sin parar pues los próximos 45 días, aunque lejos estemos tú y yo, como dice el bolero (ay, qué chea, tú), no quiero que te sientas tan solo. Prometo que pensaré en ti y desde ya imagino cuántas confidencias me revelarás cuando te lea en unos años. Pero te saco del suspenso: resulta que mañana sábado es mi primer día de la Previa.

No te puedo explicar muy bien qué cosa es la susodicha Previa hasta haberla pasado. Pero te adelanto que es un periodo de preparatoria militar, una especie de bautizo de fuego por la que tenemos que pasar los camilitos antes de comenzar el curso. Hace poco menos de un mes, en la reunión de bienvenida —frente a padres, madres, perritos, gatitos, alientes y dolientes—, el director del centro, un coronel cuyo apellido no recuerdo (espero que esto no vaya a traerme problemas desde el principio) nos informó que debíamos presentarnos en la entrada de Capdevila mañana, sábado, 16 de agosto, con los uniformes de campaña que nos habían entregado —¡qué uniformes más feos, tú!, ¡y qué incómodos!, los he lavado veinte veces para ver si la tela se ablanda un poco, pero siguen como el primer día—, las botas (marca Centauro para las hembras, marca Coloso para los varones), ropa interior de nuestra elección (pero que no podía ser muy provocadora ni tener ningún escrito en inglés ni ningún símbolo capitalista) y los útiles de aseo personal. Y luego nos comunicó que los militares nunca dicen nada: *comunican, informan, anuncian* y él nos estaba comunicando en ese mismo instante, a las 18:38 que dormiríamos la primera noche en la escuela y que a la mañana siguiente, ya distribuidos en pelotones, compañías y batallones cogeríamos el caminito del guayabal y entonces sí que comenzaría la Previa.

Resulta que lo de la Previa no es casquito de guayaba con quesito crema: hay que caminar como 140 kilómetros o una barbaridad por el estilo. ¡Y no sólo caminar! ¡Qué va! Nos anunciaron que nos van a dar fusiles de combate. Fusiles de verdad y de mentira. Los de verdad son AK47, rusas y camagüeyanas, también conocidas como AKM. Los de mentira son imitaciones de las AKM, pero de calamina. Los varones del público se pusieron contentísimos al enterarse de que todo el que quiera un fusil de los falsos lo recibirá —con lo que deben pesar esos monstruos de metal— y cuando supieron que se les permitirá camuflarse con betún o con mazorcas de maíz quemadas la algarabía se podía escuchar en el parqueo, que está apartadito del salón de reuniones, detrás del gimnasio.

Ah, también se nos informó que nos van a enseñar a disparar —ya tú has visto ese lema que está en todas partes que dice que todo cubano debe saber tirar y tirar bien—, en campos de tiro que están distribuidos entre el punto de partida y la meta. Y nos van a dividir en dos grupos (claro que los buenos y los malos, viejo), y tendremos que hacer emboscadas y acampar en el medio de cualquier manigua y bañarnos cada dos o tres días y escalar las tetas de Managua (ji ji) que son un par de montañas que están en algún punto entre Capdevila y nuestro destino: El Cacahual, que es el lugar donde reposan los restos mortales de Antonio Maceo, el famoso Titán de Bronce de nuestras guerras de independencia del siglo XIX. ¿Que por qué si la escuela se llama Camilo Cienfuegos no vamos a parar a la última morada de este? Diario, ¡se ve que tú no eres cubano, compadre! Deja ver: La Joya. ¡Eres de La Joya, joyero! ¿Dónde estabas tú hace poco, cuando se desató la fiebre de las casas del oro y la plata? Habrías hecho una fortuna, muchacho. Que el historial de esta isla en lo que respecta al cambio de oro por espejitos nos viene desde los orígenes. Qué Lezama ni un comino, compadre, hablo de la etapa de la conquista. Pues nada, que como buenos discípulos de taínos, siboneyes y guanahatabeyes, los habitantes de esta sufrida isla iban con toda su joyería a consultar a unos tasadores del estado, quienes, a cambio de los metales preciosos les daban unos cupones para comprar en unas tiendas que se habían abierto por entonces para este fin. Mira, viejo, empezaron a salir de los dedos y, ay, de circulación, los anillos de compromiso y matrimonio (mi madre le dice *mártir-monio*, qué ocurrente, ¿verdad?), los collares y pulseras de cualquier metal precioso, los diamantes, las prendas heredadas de los abuelos, los corifeos que llevaban décadas cuando no siglos bajo un mismo techo y que habían pasado de generación en degeneración y hasta partes internas de las máquinas de coser marca Singer (que se rumoraba contenían piezas de oro auténtico) y, por arte de birlibirloque, aparecieron en su lugar automóviles rusos, checos y polacos —a cuyos dueños les decimos "creyentes", pues *creen* que tienen carro—, bicicletas montañesas, lavadoras, televisores a color, videocaseteras con sus respectivas películas de Hollywood, pitusas, camisas de mezclilla, tenis a la moda, relojes, tocadiscos, juguetes que los niños de mi edad jamás vimos pasar y, por supuesto, a la par se desató la fiebre del oro en las calles y ya nadie quería salir ni con una cadenita de fantasía con su bañito de oro de tres por quilo para disimular pues la puñalada y el atraco daban al cuello y hubo más de un muerto que se inmoló en un acto de valentía suicida, intentando defender una prenda de la novia, que, a la larga, resultaba falsa (la prenda, la novia, da lo mismo, que el muerto iba al hoyo y la viva al pollo). ¡Uff! Mejor apago ese tabaco, que fumar daña la salud. Chistecito y distracción aparte, presta atención que no voy a vivir cien años: Camilo Cienfuegos es nuestra Alfonsina Storni. Sí, claro que me gusta la poesía, pero ¡no, chico, no seas literal! ¡Que Camilo se perdió en el mar! Iba en un avión de regreso a La Habana y desapareció como el unicornio azul que ayer se me perdió. Y déjame decirte que si este gobierno no quiere que la gente se acerque a un sitio, ese sitio es precisamente el mar, ¡que al menor descuido se lo llena de balsas!

Pero vamos a estar aquí y no en la China, que queda bien lejos: con este preámbulo que te he dado sobre la Previa no te vayas a pensar que a mí me gusta la vida de cuartel ni mucho menos. ¡Solavaya! Pero ya te digo que es preferible un régimen militar con uniforme (donde una por lo menos sabe a qué atenerse) que el régimen militar que tengo en mi vida cotidiana de civil, con mi madre dando órdenes a diestra y siniestra (yo soy la diestra, la siniestra es Tatiana, ja ja), así que con tal de librarme por un tiempo de mis arpías domésticas yo soy capaz de irme hasta con Mambrú a la guerra. Qué dolor, qué dolor, qué pena.

¿Qué te dije? Ya entró por la puerta gritando. ¡Ay, la cabrona lechuga! ¡En esta casa, en este país, se discute por una lechuga! ¡Hasta pronto, querido! Perdóname que te haya atorrado tanto en esta primera entrada, pero no sé cuándo te volveré a ver. Repite el estribillo: Mambrú se fue a la guerra y no sé cuándo vendrá. Mentira, muchacho, mentira; haciéndome la interesante. Si ya te dije que regreso en 45 días. Y prepárate que entonces sí que voy a escribir hasta por los codos.

[26 de febrero de 1996]

Así que mi cara le resulta muy familiar. Permítame una pregunta, teniente, ¿usted sí es teniente, verdad? No, esa no es la pregunta. Aquí viene (o va, según el cristal con que se mire): ¿ese recurso de la cara familiar todavía funciona por acá? No, que no es sarcasmo. Es que en mi país lo descontinuamos hace una buena década, pero parece que ustedes no recibieron el télex, así que me tomo la libertad de informarle que si a estas alturas usted se lo suelta a una mujer que tenga dos dedos de frente, ahí mismo lo mandan a freír espárragos. Nunca ha visto un espárrago. No faltaría más. Pero descuide que ya estoy empezando a comprender que en el mundo alucinante que se han inventado en esta isla lo mejor es no darse por sorprendida nunca. Y hablando de sorpresas: supongo que no me debo sobresaltar si me confirma que usted y sus muchachos están grabando esta conversación, ¿verdad? De la misma manera que deben haber grabado mi intercambio anterior con el capitán pinareño. Por cierto, ¿tendría la delicadeza de decirme dónde estamos? Es que cuando a una la sacan del cuarto de mala muerte donde ya ha pasado ni sabe cuánto tiempo y para colmo le vendan los ojos, la montan en un carro y manejan durante varias horas es lógico que se desoriente un poco. Ya sé, quieren eso, pero igual podían ser un poco más sutiles, ¿no? Ah, eso de manejar durante horas es una sutileza mía:

sé que pudo haberse tratado de varios minutos; lo que ya no sé es si es de día o de noche, desde que me quitaron el reloj y el acceso a la intemperie, aunque en alguna parte leí —¿fue Caín?— que la noche cubana es fácilmente reconocible por su olor. Ay, ahora que dije eso, ¿me van a tapar la nariz también para que no huela? No, es una pregunta retórica y por supuesto que no la tiene que responder. Si ya me han machacado una y otra vez que aquí quien da las respuestas soy yo. Las preguntas vienen de su lado de la mesa y quien quiera quejarse que escriba una nota y la eche en el buzón. No, hombre, sé que no tienen eso aquí. ¡Y con la falta que hace! Pero le decía que, sólo por darse el gustico muy básico de llevarle la contraria a sus predecesores, acordemos que sí la están grabando. Vaya, una sonrisa. Se puede afirmar categóricamente que hay humor en las mazmorras de esta isla. ¿Que no es una mazmorra? Ah, y entonces cómo definimos un cuarto sin ventilación de ningún tipo, huérfano de ventanas, con un bombillo incandescente que oscila de un lado a otro, como si más que bombillo fuera péndulo y esta patética silla plástica rota, sin acceso ni a un vaso de agua, sin nada que leer, sin el dichoso tablero de ajedrez que pedí en Pinar del Río y sin que la víctima, sí, yo, sepa dónde demonios estamos. En un salón de entrevistas. Acaben de poner el huevo, almas de Dios: *entrevista* o *interrogatorio*. Tiene razón, la diferencia radica en la diferencia. (Pero no olvide que el copyright de esa frase es de Perogrullo). Mire, si esto es un salón de entrevistas, Octavio Paz estaba errado de palmo a palmo: los mexicanos no son los campeones del eufemismo; ustedes, los cubanos, les ganan por goleada. No, es un término futbolístico, la última Copa del Mundo fue en mi país y la ganó Brasil con su *jogo* bonito, ¿ya sabe de qué le hablo? Otra sonrisa, vamos bien. Le preguntaba si habían grabado —y, de paso, si usted ya había leído— la *entrevista-interrogatorio* anterior no por nada del otro mundo, sino para saber dónde me quedé y por dónde continuar. No se preocupe, yo rebobinaré tantas veces sea necesario. Pero antes, para ahorrarnos garganta y saliva, por qué no me pregunta directamente qué es lo que quiere saber y así evitamos los circunloquios, que funcionan muy bien en cierta narrativa de suspenso, pero aquí, entre usted y yo podríamos prescindir de ellos, que ya tenemos una edad, avanzada en su caso, si me guío por lo que me dice su voz. No, gracias, prefiero tratarlo de usted, si no le molesta. Y si le molesta este formalismo mío, cómprese un perro o échele azúcar.

Ah, pero no es tan viejo como indica su timbre. ¿Pero dónde están mis modales? Parece que se quedaron en Pinar del Río, por cuenta del apurillo de montarme en la parte trasera de un carro, sin equipaje y amordazada, para traerme ante usted y continuar el cuestionable cuestionario. La prioridad número uno —la frasecita es de ustedes, se la escuché a su antecesor, el capitán analfabeto— es, antes que nada, darle las gracias por quitarme la venda de los ojos. Ya estaba a punto de olvidar cuándo fue la última vez que vi la luz del bombillo, ese sol del mundo moral. No, se equivoca, no es de un comercial de General Electric. Mis amigas de la universidad habrían entendido la referencia y, dadas las circunstancias, hasta la habrían encontrado graciosa. Ah, lo que es el poder del contexto. ¡El poder del contexto, ese sí es poder! Y otra vez nos fuimos del tópico. ¿En dónde nos quedamos? ¿Cómo dice? Permítame que me ría. La verdad es que usted y sus superiores tienen una imaginación que de tan grande y exuberante dentro de poco no va a caber en esta isla. ¡Y un sentido del humor de campeonato! ¿Que el gobierno cubano me acusa de haberme robado qué cosa? ¿Cuándo?

[Fin de la transcripción].

Jueves, 25 de septiembre de 1986

Estoy tan cansada que tengo ganas de llorar. Continúo mañana.

Ya es mañana. Por cierto, hablando de días pasados y futuros, desde mi regreso a la civilización —si fuera un poco más sarcástica diría «desde mi entrada triunfal en La Habana», luego de mes y medio de vivir como una bestia, con gente que al principio me era completamente ajena e indiferente y que a fuerza de buenos y malos ratos ya comienza a hacérseme imprescindible—, he escuchado al menos diez veces una cancioncita de moda que repiten en la radio y en el serial de aventuras de las 1930 hrs. —oye, la hora militar es broma, que el adoctrinamiento no da para tanto, mi socio; estoy hablando de las 7:30 p.m.— y que la interpreta un grupo de lo peorcito que hay, con un cantante bonitillo que seguro tiene un tubérculo por cerebro y se cree ese corito pegajoso que dice «hoy es siempre todavía y el amor tiene su mañana». Al principio pensé que la frase era una idiotez cultivada en el patio, pero alguien me aclaró que el autor es un poeta extranjero, lo que la convierte en una idiotez internacional. ¡Bravo! Y no te sorprendas, Esporádico, si no hago más que abrirte y ya empiezo a hablar de idioteces, pero, como debes recordar, anoche llegué de la dichosa Previa: ese concierto de idioteces magnificadas y repetidas hasta el infinito. ¿Por dónde empiezo a contarte? Bueno, esto es dando y dando, cariño. ¿Qué me tienes que contar tú? ¡Suávana! La verdad que sólo a una adolescente se le ocurriría preguntarle eso a un diario. ¿Qué me vas a contar, infeliz? ¿Que estuviste 42 jornadas —¡de Sodoma!— escondido en el colchón, echándome de menos? Pamplinas. Pero te perdono, mi querido objeto inanimado. Sí, escuchaste bien, por suerte nos dieron el pase con tres días de antelación y no tuvimos que meternos el mes y medio en esta candanga. Llegamos a El Cacahual antes de lo previsto, sin muertos, pero con bajas de peso, ay, qué gracioso me quedó y, no te creas, que tiene su doble sentido, pues me refiero a que perdimos peso —yo habré dejado unas diez libras en la carretera, o en las mismísimas tetas de Managua, ese par de lomas feas y deformes que nada tienen que ver con los senos de ninguna mujer y que fueron nombradas así por algún guajiro de la zona que seguro que afeita una mosca en el aire o no la ha visto pasar desde los inmemoriales tiempos de Ñañaseré—, pero también me refiero a que perdimos al menos una docena de aspirantes a camilitos, lo que en una guerra de todo el pueblo no ha de ser gran cosa, pero en un curso que comienza con 125 alumnos, te digo muy por arribita que viene siendo el diez por ciento y eso, querido librito de secretos inconfesables, es, como ya mencioné arriba, una baja de peso.

Te contaba que habíamos llegado a nuestro destino tres días antes de la fecha prevista y, por una vez, primó el sentido común cuando la jefatura de la escuela decidió adelantar la graduación de la Previa (mira tú qué cosa tan rara: ¡una graduación antes de empezar el curso!) y darnos la tarde del jueves y el resto del fin de semana para que nos repusiéramos de tanta caminata, tanta cargadera de cascos y mochilas de lana con hamacas y mosquiteros, tanta picada de mosquito, tanta ampolla en los calcañales, tanto mal olor que se mete debajo de los poros y las axilas, por Dios, y amenaza con no volver a abandonarte y tanto tiro al blanco —y al negro, dicen los que quieren hacerse los jodedores, pero que en verdad son, en el fondo y en la superficie, unos tremendos comemierdas, y racistas para más señas— y de tanto grito de firmes, en su lugar descansen, firmes, en su lugar descansen, firmes, rompan filas y firmes de nuevo.

Sólo nos permitieron graduarnos a quienes terminamos la caminata. A los rajados no les dieron el diploma —y como no pasaron la Previa no podrán matricular en la escuela y tendrán que hacer el preuniversitario en otra parte—, pero tampoco los dejaron que abandonaran esa locura colectiva de la caminata —el gran salto adelante hacia ninguna parte— y se fueran a casa a continuar con sus vidas de civiles. Qué va. La justificación era que en Capdevila no había personal para transportar de vuelta a La Habana a todo el que desertara y que no podían cargar con la responsabilidad de dejarlos que regresaran solos. (Uno intentó fugarse a su casa, pero lo descubrieron, lo cazaron, sí, como a un animal, y desde ese momento le hicieron la vida más agria que un yogurt rancio). Además, creo que los dejaron continuar como escarmiento, para que supiéramos a qué nivel de humillaciones nos íbamos a exponer si le sacábamos el pie a la candela y nos lo pensáramos bien dos y mil veces antes de enseñar la bandera blanca. Con sólo decirte que el lema de mi pelotón (que teníamos que gritar, frente a los "flojos", cada vez que reiniciábamos la marcha) era: «Sólo los cristales se rajan. Los hombres mueren de pie. Camilo: ¡Señor de la Vanguardia!». No le busques lógica que no la tiene. Pero tiene su gracia: un día, Alejandro, el tipo más cómico de mi compañía, sustituyó el título nobiliario de Camilo por «¡Señor de los Anillos!» y un chivato lo oyó y lo caminó como el carrito del helado y conclusión: Alejandro expulsado deshonrosamente de Capdevila por burlarse del héroe cuyo nombre lleva la escuela. Pero lo más jodido de todo es que después que lo botaron (con b larga, chico) tampoco lo dejaron que se fuera, ni le permitieron (igual que al resto de los rajados) que caminara con nosotros. Lo montaron, junto a los otros apestados en uno de los camiones en los que llevaban nuestra comida y lo pusieron de ayudante de cocinero. Oye, aguanta un momento, que se te quema el instrumento, papito: no fui yo quien les puso el apodo de rajados. Fueron los oficiales. Bueno, fue un oficial en específico: el teniente Lombardo. Y nos comunicó que teníamos que referirnos a ellos de esa manera. Y qué íbamos a hacer. No nos dejaron opciones. Si no lo hacíamos, ¿quién quita que no fuéramos a parar al bando de las no-personas?

No te miento, incrédulo, al decir que, durante esta temporada, viví horrores. No te asustes. No hablo de horrores como los que se ven en una guerra, no. Pero las vilezas, las bajezas, las traiciones, las sorpresas (oye, ¡me salió con rima!) me van a dejar heridas que no sé cuándo sellarán. Más adelante te contaré con lujo de detalles. Ahora no tengo ánimo, ni estómago para revolver el estiércol. Así que me voy por las ramas, Esporádico. ¿Qué me molestó más de todo este purgatorio rayano en lo infernal? ¡42 días sin leer un libro, mi chino! Ni la libreta con las canciones de Fito Páez tuve la oportunidad de abrir en todo ese tiempo, pues cuando terminábamos la interminable marcha por el jardín de los senderos que se bifurcan y caía la noche y culminaban las actividades de la jornada y por fin nos permitían que nos arrastráramos (por el cansancio, no por otra cosa) a nuestros cubiles —la palabrita me la enseñó Jack London en *Colmillo blanco*, creo), ya no había energía en el cuerpo ni había cuerpo en la energía y si quedaba alguna entonces no había luz o ganas de leer o audiencia con quien compartir las genialidades del rockero argentino. ¡Ese flaco se manda un swing que ni te cuento! Y tiene de todo como en botica. Una de sus canciones dice: «casi son las tres, tres agujas tengo en la cabeza». Y así me sentía yo a diario. Pues a las tres de la tarde ya hacía ratico que habíamos reiniciado la marcha, después del magro almuerzo y un rápido pestañazo —perdona la redundancia, pero me repito para poner énfasis en lo de la brevedad— que los más dichosos lográbamos conciliar, ya fuera recostados a algún árbol o poniendo espalda contra espalda o, incluso, hasta de pie, que la ocasión la pintaban calva. Y resulta que aquellos breves minutos de sueño eran lo más cercano a la gloria que jamás he estado. Si quieres saber hasta qué punto llegaba ese cansancio que aparecía poco después de que el sol —ay, de ese sol que tanto nos castigó en la carretera puedo despotricar hasta quedarme ronca— tocara el cénit y cayéramos en el pasado meridiano, o lo que es lo mismo en un estadio posterior a la edad antigua, posterior a la edad media, posterior a la revolución inglesa, posterior a la revolución francesa, posterior al siglo XIX y posterior a las cucharadas de comida maloliente y medio fría que nos servían de almuerzo, aquél bodrio preparado en cazuelas con más tizne —no olvides que las fregaba, de mala gana, Alejandro— que el deshollinador de los muñequitos rusos que repiten en la televisión ya quién se acuerda desde cuándo y que luego nos servían (la comida, al deshollinador no había quien le metiera el diente) como si fuéramos perros salvajes, a la vera del camino, en cantimploras limpias o sucias —llegó un punto en que nos daba lo mismo—, mientras compartíamos aquello que comenzamos a llamar la *mismiedad*: los mismos mosquitos, las mismas hamacas, las mismas toallas sanitarias, los mismos hongos (y no hablo de la exuberante vegetación), las mismas cucharas, los mismos gérmenes, las mismas ganas de querer desaparecer de aquel *road movie* que era más bien una pesadilla rodante y que hizo que cada vez que nos daban un diez cayera tan rendida, con el cerebro a punto de derretírseme del poco uso que nos permitían darle y fíjate el nivel de cursilería que generaba ese agotamiento de cuerpo y alma que hasta llegué a soñar con ángeles. Yo, que no creo ni en la madre que me parió. Y cuando, en medio del ensueño, las áureas criaturas aladas (qué chealdad, tu niño, je je) me extendían la mano para acogerme en su abrazo angelical, la realidad me restregaba los ojos y se jodía la bicicleta porque me daba cuenta de que sí, sostenía una mano, pero qué arcángel ni qué niño muerto, muchacho, y el halo de luz que rodeaba al personaje no era su esencia divina, sino el sol que se escondía tras su cabezota y que el testarudo dueño de la testa era, nueve de cada diez veces, alguno de los chivatos que tan rápido se destaparon, prestos a servir de capataces (aunque en el argot militar hubiera que decirles jefe de escuadra, jefe de pelotón, jefe de compañía) y se aparecían con sus voces de látigo y la recién estrenada autoridad que les habían dado los oficiales al mando de este circo ambulante y hacían todo lo posible por joderle la vida al más pinto de la paloma. Jamás se me habría ocurrido que un ser humano podría disfrutar tanto con el sufrimiento ajeno. Yo pensaba que eso era cosa de ficción, que sólo los alemanes eran capaces de crear una palabra —*schadenfreude*, me la enseñó Herman Hesse o Freud o Schopenhauer (a quienes he leído a escondidas de mi madre, que es más fidelista que quién tú sabes, en fin, el Marx)— para definir esa dicha macabra ante la desgracia del prójimo. ¡Pero no! Hay gente para todo. Además, ya aprendí que en español también tenemos nuestra versión de la palabra y significa más o menos lo mismo: ¡*hijoeputa*! Así que, a esa hora, la hora en que mataron a Lola, chico, despabílate, despertaba sobresaltada y ahí mismo me caía un dolor de cabeza repentino y con él tenía que salir andando, amén de la cabrona mochila, el casco de metal horripilante y demás yerbas aromáticas que nos hacían cargar por gusto y por sadismo, y de ese modo, querido, era como las tres dichosas agujas de la canción de Fito Páez terminaban metiéndoseme entre ceja y ceja para dedicarse a la endemoniada tarea de taladrarme la pobre cabeza.

[27 de febrero de 1996]

Qué va. Si lo único que queda visto y comprobado en este enredo es que acá tienen que justificar sus salarios a como dé lugar y como al parecer no existe otra forma de matar el tiempo que ponerse a inventar conspiraciones y enemigos donde no los hay, el ocio en esta ocasión les ha hecho tirarlo a suerte y fui yo quien se sacó la rifa. Sólo así se explica que hayan dejado que la tripulación con el resto de los pasajeros —incluido Richard, con su ataque de pánico, sus manos heladas y esa desesperación que nunca antes había visto con tanta nitidez en ninguna parte— abordara la nave de regreso a su destino (o a cualquier punto del planeta menos esta isla descabellada) y no me hayan permitido montarme en el dichoso avión que me debería haber llevado a mis vacaciones en las Bahamas. Sí, Long Island, que es parte de Bahamas. Estaba llamando al todo por la parte (mis alumnos reconocerían aquí la sinécdoque), pero ya veo que no se les va un detalle. Y a mí se van todos: si ustedes están en la proa, yo ando en la popa. Tremendo desenchufe. Haría falta que alguien le acabara de poner pies o cabeza a esta ridiculez porque de ninguna manera me puedo creer que por haber nacido y pasado las dos primeras semanas de mi vida en Cuba me toque este festival de preguntas sin sentido. ¿Hace ya cuánto tiempo me tienen detenida? Bien, retenida. Perdóneme la errata. Sí, he perdido la cuenta. No se sorprenda, que han hecho muy bien sus deberes. Tres días. Se me ha ido la mitad de las vacaciones en un cuartucho de mala muerte respondiendo estupideces. ¿Cómo que qué tipo de economía imparte Richard? Microeconomía, macroeconomía. Qué sé yo. ¿Y por qué vienen a darle vela en este entierro? Sí, en la misma universidad, en dos departamentos completamente distintos. City University of New York. Vale, la universidad pública de Nueva York. Sí, claro que tenemos universidad pública. Bueno, pero si se va a creer todo lo que le cuentan acá va a terminar muy mal parado. Claro que hablamos de trabajo, pero muy por arribita, así que, por ejemplo, Richard no tiene la menor idea de qué novelas imparto este semestre en mi curso de literatura peninsular, ni yo sé de su materia un tercio de lo que saben los alumnos que toman su clase introductoria.

Esto lo puede seguir alargando cuanto quiera. No va a conseguir que me ponga histérica. Ni que reconozca que soy la persona que están buscando ustedes. Es una pena que tenga que pasar mis vacaciones en esta estúpida celda, escuchando estupideces, cierto, pero más allá de la soberana pérdida de tiempo, esta ridiculez no me afecta en lo absoluto. Quién quita que un día me dé por escribir mis memorias. Entonces tendré a mano mis recuerdos de la pesadilla cubana y que venga HarperCollins o Random House a querer comprarla, que por cada hora que me han retenido en esta isla me van a tener que pagar cincuenta mil dólares. Ah, pero para qué soñar despierta mientras usted se me queda dormido. Le decía que puestos a ser precisos, tampoco me van a hacer perder mi trabajo. No, no tengo *tenure* en mi universidad. No, no conozco la palabra en español —si mi madre escucha eso me decapita—; creo que es plaza fija, más o menos. Pero soy miembro de UUP —la Unión de Profesores Universitarios, por sus siglas en inglés—, y cuando una forma parte de un sindicato de trabajadores, tienen que atraparla con las manos (ensangrentadas) en la masa, y aún así es difícil despedirla. Que en las universidades públicas de mi país, el poder del sindicato, ¡ese sí es poder! Lo más que puede pasar si siguen dándome cordel y estirando el chicle, es que en mi departamento consideren suspender mi clase por terrorismo de estado. Bueno, alma de Dios, dígame: ¿usted no es miembro de ninguna fuerza parapolicial, verdad?, ¿representa a la Policía Nacional Revolucionaria, que (como su nombre indica) es un órgano del gobierno cubano, verdad?, ¿este interrogatorio es legal según las leyes de Cuba, cierto? y ¿no sabe cuándo me van a dejar irme de esta isla maldita —maldita isla es otra cosa: el orden de los factores sí altera el producto— a rehacer mi vida? Y si las cosas fueran como usted las sueña y yo no tuviera los nervios que tengo ahora mismo estaría en un tembleque perpetuo, ¿verdad? Entonces de qué se asombra, compañero: terrorismo de estado.

Así que esta imagen va a hacer que lo entienda todo clarito, clarito. Deje de moverla, que no la puedo distinguir bien. Póngala en la mesa o déjeme sostenerla en las manos, pero le juro por la bolsa del canguro que no gana nada con restregármela en la cara. A ver. Pues me complazco en informarle que se ha cogido usted el culo con la puerta. Ya sé que es una grosería. Me la enseñó mi madre, que la aprendió de ustedes, en su etapa roja (que Picasso no fue el único que la tuvo). Échele la culpa a ella. Claro, para eso tendría que solicitar una entrevista en la Sección de Intereses de los Estados Unidos, presentarse ante el cónsul o quienquiera que lo reciba, responder algunas preguntas (cuya impertinencia palidecerá en comparación con las que me hace usted a mí) y, una vez obtenida la visa (si se la dan), tendría que sacar el pasaje, esperar a la fecha, montarse en el avión, aterrizar en el aeropuerto J. F. Kennedy en Queens, tomar un taxi hasta Manhattan y aparecerse en su apartamento del Upper East Side. Y aquí es donde verdaderamente le puedo ser útil, pues como usted no conoce la dirección exacta, yo me ofrezco a servirle de guía y lo dejo en la puerta de la casa de mi madre. ¿No lo convence lo del viaje a La Gran Manzana? Pero se lo tuvo que pensar tres y cuatro veces. Usted puede hacer lo que le plazca. Me puede enseñar la foto de esa señora toda la noche si quiere. Mi respuesta no cambiará un ápice. No sé quién es. Y no sé a dónde quiere llegar repitiéndose como un disco rayado, como un disco rayado. Claro que la puede traer ante mi presencia y preguntármelo con ella delante. Le voy a responder lo mismo. Que sea tridimensional no va a cambiar el hecho de que no la conozco. Que no, que no me hago la zorra, mi teniente. Vale, le quito el posesivo, teniente.

[Fin de la transcripción].

Sábado, 18 de octubre de 1986

¡Qué susto, tú! Ya sé que te dije que te iba a hablar con más detalle de la Previa, pero primero déjame contarte esto, ahora que todavía está fresquecito. Resulta que a principios de esta semana hicieron una auditoría en el trabajo de mi madre, pues no hace mucho se empezó a dar el caso de que algunas piezas que a la noche tenían en inventario, a la mañana brillaban por su ausencia. Y este brete empezó a raíz de que contrataran a dos especialistas y un jefe de almacén nuevos (para reemplazar a más de la mitad de la nómina del centro, que eran las papas podridas que había que sacar del saco seco). Y, como te imaginarás, querido, con esos truenos, la lluvia fue tremenda y los auditores estatales llegaron chapeando bajito: pidiendo referencias de Fulano, Mengana y Ciclanejo, lo mismo a sus recientes colegas de trabajo que apareciéndose en sus vecindarios a averiguar vidas y milagros de cada uno de ellos, hablando con las siempre dispuestas encargadas de Vigilancia de los CDR de sus respectivas zonas. ¡Compadre, que te lo tengo que dar todo masticadito! Yo sé que tú eres de La Joya, pero no me joyas tanto ¡y tan seguido! Por esta vez, daré mi brazo a torcer, pero no te acostumbres: Comité de Defensa de la Revolución, de ahora en adelante: CDR. (Los jodedores les dicen CDS, o lo que es lo mismo: sé de ese, pero si te pregunta alguien que no se te ocurra decir que te enteraste por mí).

Ah, no te había contado: mi madre es directora de la Galería Ceiba, que es parte del Fondo Cubano de Bienes Culturales, y está ubicada —la galería, chico, el FCBC queda en el casco histórico— en la planta baja del hotel Habana Libre, en la esquina con más sabor de toda la capital: 23 y L. El sabor lo pone el Coppelia, nuestra catedral del helado, que está en la diagonal del hotel y en donde se pueden degustar los mejores sabores del mundo (¡pero te tienes que disparar unas colas de antología, mulato!). ¿Cómo que qué venden ahí, muñecón? ¡Te lo acabo de decir! Ah, en la Ceiba. ¡De todo! Desde unos batilongos con unos horribles petos cuadrados de cuero, pasando por los consabidos cinturones hechos con piel de caimán (que en esta isla *sí* come caimán), sandalias artesanales (incómodas como la madre que las parió), brujitas de tela, negritos curros en cerámica, ceniceros de terracota, tabaco virgen, tabaco procesado, vino tinto de la guerra, vino en caja de Angola, vino seco del África, vino hastiado de Miami, pintura abstracta cubana, pintura cubana abstracta (je je), escultura que no es cultura, artesanía en madera (imagínate: unas negras de ébano, unas mulatas de cedro, unas blancas de aserrín de pinotea, desnudas, con narices respingadas y unas bembas gruesas, como las que les gustan a los gordos europeos) y toda una infinidad de baratijas que los turistas compran en desenfreno para luego convencerse y convencer a los incrédulos de que sí, que estuvieron en Cuba y si no que les pregunten a esos suvenires que están oyendo la conversación ahí mismito en la vitrina o colgando de las paredes, o dándole una vuelta y media a la cintura y ajustándoles los pantalones.

Pues, muchacho, este miércoles se aparecieron cuatro policías en casa del jefe de almacén y se la viraron abajo. Arrasaron con la quinta y con los mangos. Todo esto a plena luz del día (bueno, de la tarde), delante de su esposa y sus dos hijos. Llegaron con unos pastores alemanes y se fueron, al cabo de las horas, con un par de cuadros de López Martínez y el susodicho (no, el pintor, no; el almacenero) esposado y en el asiento trasero de la patrulla. Lo soltaron a la mañana siguiente, después de que la esposa madrugó en la estación de policía con un vale de la galería que acreditaba la compra legal de los dos cuadros del cubano abstracto. El jefe de almacén se apareció el mismo miércoles en el trabajo, blanco como papel de cebolla y si lo que pretendían los policías era crear un estado de pánico déjame decirte que lo lograron con creces porque todos, incluyendo a mi madre —que es más honrada que un pan recién cocido y que, excepto a mí, nunca le ha hecho mal a nadie— estaban temblando como hojas al viento.

El jueves le hicieron la misma gracia a Katiuska, la especialista de artes visuales. Y la pobre mujer fue a parar a la estación y todo. Y la soltaron 16 horas más tarde cuando mi madre se apareció en la unidad de policía con el comprobante que demostraba que la venta de esa acuarela preñada de mujeres con las tetas al aire del calenturiento de Fabelo había sido autorizada por ella (mi madre, que es la que tiene el sartén por el mango). Así que cuando nos tocaron la puerta de la casa a la una de la mañana del sábado, sí, hace menos de veinticuatro horas, y mi madre se asomó por las hendijas de la ventana del baño y vio a dos tipos uniformados, por poco le da una sirimba. Esa noche, Tatiana había ido a una fiesta en La Víbora y llamó a eso de las once y media para avisar que se quedada a dormir en casa del novio; por otra parte, a mi abuela le pueden amplificar el cañonazo de las nueve junto a la Orquesta de Música Moderna a un costado de la cama, que cuando esa mujer dice a dormir no hay dios que la despierte. Así que los únicos seres pensantes bajo nuestro techo (si acaso se piensa a esas altas horas de la noche) éramos mi madre y yo. Pero yo estaba entregada a los sublimes brazos de Morfeo, durmiendo este cansancio reciente que traigo de la Previa, y déjame decirte que en esas circunstancias no es nada agradable despertarse con una mano más fría que la pata de un muerto tapándote la boca. Abrí los ojos como quien abre un portón con las bisagras oxidadas y vi que mi madre se llevaba el índice a los labios. En un susurro me contó que había dos policías *hombres* tocando a la puerta y que le daba pánico abrir. Al principio yo no entendí muy bien qué hacía la policía, a esa hora y con ese recado, en la puerta de mi casa, pero como quería salir de mi madre y regresar a mi cita con la almohada, le dije que no les abriera, que si buscaban algo con nosotras tendrían que regresar en horario de oficina, que este edificio sería un solar vertical, pero nosotras sí que somos una familia decente. Y ese entra y sale de hombres en la madrugada no me daba buena espina. A todas estas los tipos seguían tocando, mi abuela roncaba y nosotras, aquí, en esta cama que te esconde, al otro extremo de la casa, susurrábamos las posibles salidas de emergencia a la situación. Ahí fue cuando mi madre me confesó que el temor de ella no era que nos fueran a violar, ni que fueran a encontrar ninguna pieza de las que faltaba en el inventario de su galería, sino el hecho de que teníamos carne en el congelador. Y entonces fue que me desperté de verdad y se me puso la piel de gallina. Porque una cosa es con violín y otra cosa es con guitarra, papito. Ay, Esporádico, qué poco sabes de la vida. ¡Claro que la carne es ilegal!

El vendedor ambulante tocó a la puerta en mitad de la tarde del viernes. Yo había acabado de llegar de pase y fui quien le abrió. Mi abuela, que no se pierde una, me siguió los pasos. El tipo se presentó diciendo que lo mandaba Raúl, del apartamento 812, y acto seguido desenrolló ante nuestros ojos un pedazo de papel cartucho que encubría un boliche, que a ojo de buen cubero, debería rondar por las quince libras, más o menos. ¡Por poco le doy un beso y un abrazo! ¿Tú sabes cuándo fue la última vez que yo vi un pedazo de carne de ese tamaño? Yo tampoco. Así que le pegamos un grito a mamá, que dijo que no podía venir porque estaba tiñéndose las canas en el baño. Y entonces usamos la clave: «La roja». La mujer supersónica se apareció en la puerta, con unos rolos y una toalla que quería esconder el mejunje que tenía armado en la cabeza. Y por poco se le salen los ojos de sus órbitas. No quiero que te vayas a pensar que ella es una amargada (que lo es), pero nunca antes la había visto tan feliz como en ese momento. La oferta del oscuro personaje (era negro, je je) incluía pargo, aguacates, un par de malangas y el dichoso pedazo de carne de res. A ti que vives del aire a lo mejor la mención de la fibra no te despierta ya no el apetito, las ganas de vivir, pero a mí, a nosotras, que ya no recordamos el sabor de un bistec encebollado, este merolico y su mercancía nos cayó como regalo del cielo. En menos de lo que te lo cuento, y con la familiaridad de quienes se conocen de toda una vida, negociaron el precio. Mi madre le dijo que se esperara en la puerta y fue a su cuarto. Mi abuela y yo nos quedamos haciéndole compañía, soñando despiertas con el manjar que nos deparaba el futuro inmediato. La enrolada regresó en breve y le pagó con unos dólares que nos había enviado mi tía de Miami hacía menos de un mes. (No le vayas a decir a nadie lo de los dólares, que si te cogen con ellos te acusan de "tenencia ilegal" y no hay quien te libre de una temporada a dieta de luz y aire, en uno de los tantos calabozos que abundan por acá). Mi madre es muy revolucionaria y se la pasa defendiendo a Fidel, criticando la bolsa negra, el despilfarro, la malversación, el robo al estado y diciendo que el socialismo es el mejor de los mundos posibles (quizá por eso es que yo sueño con imposibles), pero cuando el asunto entra por la cocina, se hace la de la vista gorda y transa como cualquier hijo de vecino, que Dios aprieta, pero no ahoga, así que le pagó a nuestro salvador y se adentró en el apartamento con una sonrisa bendita, el boliche de carne en una mano y una jaba con un par de aguacates en la otra. Y todos felices. Comimos como reinas. Mi abuela, a quien hay que rogarle para que cocine, pero cuando lo hace se acabó el mundo, tiró un arroz con frijoles, con su ensaladita de aguacate y unos plátanos maduros fritos (que mi madre había comprado legalmente en el agro esa mañana) y ese bistec de palomilla con su sofrito secreto que por poco me como el pedazo de Tatiana. Mi madre, que siempre la está defendiendo dijo que no era justo, que había que guardárselo, que le tocaba. Y yo a decirle que yo me pasaba la semana entera en la beca y que Tatiana no respetaba mi pan diario, el que nos toca por la bodega, y ella que no se podía comparar un filete de res con un pedazo de harina y yo que total si quedaban todavía como diez libras de carne en el congelador, que yo no vería pasar durante la semana y que a mi regreso ya no las vería ni en pintura y así es, querido, como una cena familiar puede convertirse en un infierno en esta casa, en este país, porque siempre nos estamos fajando por la comida. ¡Pero por lo menos nos fajamos con la barriga llena! Que eso te da fuerza y argumentos y hasta ganas de discutir.

Regreso a los visitantes de la madrugada. (Eso suena a novelita de Radio Progreso, la onda de la alegría). Los agentes del orden (¡del desorden en este caso!) seguían tocando a la puerta con esa fuerza más que se extendía sobre los pueblos de Nuestra América y mi pobre madre, ay, siguió temblando. Y yo, firme en mis trece. Le dije que no. Que de ninguna manera podíamos abrirles. En última instancia, se me ocurrió que si no quedaba otro remedio, podíamos meter la carne dentro de una bolsa, amarrar el asa a una soga y dejarla que colgara de la ventana que daba al cajón de aire, ese cajón de aire que nos había revelado las intimidades que gritaban a pleno pulmón nuestros vecinos y que en recompensa les mostraba a ellos también nuestras vísceras, pero mi madre se opuso porque en el cajón hay ratas, cucarachas y demás mascotas domésticas y éstas se podían comer o manosear el cabrón boliche, y yo le contesté que para manosearlo harían falta manos para hacer un sueño y ella que si podía controlar mis jueguitos de palabras que la situación era de cuidado y no teníamos tiempo para chistecitos, entonces, el timbre volvió a sonar sin intermitencias y mi madre dejó escapar otra lágrima y ya resignada dijo lo impensable: que había que tirar la carne por el balcón (hacia la calle) o por el cajón de aire (hacia las entrañas del edificio) y yo, que no soy magdalena, solté un suspiro y empecé a lloriquear a moco tendido. No sé qué instinto maternal se le despertó, pero, dadas las circunstancias le acepté el abrazo, que duró más de lo que recomiendan los terapeutas. Salimos de mi cuarto juntas, creo que hasta tomadas de la mano, rumbo a la cocina (que está pegadita a la puerta de la calle), decididas a no ir a parar a la cárcel por un filete de res. Abrimos la puerta del refrigerador con la misma determinación con que los gladiadores saltaban a la arena, tomamos el pedazo de papel cartucho que envolvía la evidencia de nuestro pecado original y, dispuestas a deshacernos de él, notamos que el timbre había dejado de sonar. Nos miramos estupefactas. En lugar de detenernos en el cajón de aire, con la pesada carga que, de ser descubierta, nos condenaría a entre ocho y quince años tras las rejas, seguimos hasta el baño y entreabrimos una mierdinésima las persianas. ¡Los policías no estaban frente a la puerta! Nos quedamos pegadas a la ventana, vigilando, no sé ni cuánto tiempo. Mi madre, la socialista empedernida, empezó a murmurar un Padre Nuestro. Yo me puse a cantar bien bajito: «Hipocresía, morir de sed, habiendo tanta agua». Rayos y centellas descendieron sobre mí desde sus ojos ateos. Pero ya dije que yo no creo ni en mi madre, así que no le hice caso y se le pasó.

Y hablando de pasar: pasó el tiempo y pasó un águila por el mar y a las seis de la mañana, salí del apartamento con aquella matriuska que era el boliche de carne que iba dentro de una jaba que iba dentro de otra jaba que iba dentro de otra jaba (para que no goteara la sangre) que iba dentro de mi mochila. Toqué en casa de Marta, también conocida a los cuatro vientos como Marta María, que vive en el piso de abajo, apartamento 707, y es mi tía del alma, la que me crió el par de años que mi madre estuvo en Angola. (Sí, mi abuela cocinaba y me planchaba mi uniforme y mis vestiditos de domingo, pero la que me llevaba y traía a la escuela, la que me enseñó a jugar ajedrez, a lavarme las manos, a abrocharme los cordones y a comer con cubiertos fue mi tía Marta, que ahí mismo se ganó el parentesco. Pero lo de la aventura africana te lo cuento luego. Ahora: ¡a la carne!). Mi tía me recibió toda despeinada. Se lo dije y me felicitó por mi perspicacia y tremendo tino en el campo de la peluquería matutina, pero que quién se había muerto a esa hora de la mañana, porque más me valía que hubiera un entierro de por medio para que me perdonara haberla despertado en su jornada de descanso (que cuando hablamos de dormir ella es adventista del séptimo día). Una vaca, le dije. ¿Cómo? Una vaca, tía, despabílate. Un cuadrúpedo, mamífero, del orden de los rumiantes. Y le estamos preparando el velorio. Y, para certificarlo, tengo un pedazo de ella dentro de mi mochila. Me dio un jalón y cerró la puerta tras de mí. ¿Muchacha, tú estás loca? ¿Tú no sabes que aquí las paredes tienen oídos y los clavos sentidos y que de cualquier malla sale un ratón, oye? Y yo que sí, que por eso mismo habíamos decidido que era ella quien tenía que guardar la carne, que es débil. Y le hice el cuento de los policías y del tremendo susto que pasamos durante la madrugada. Y de las ojeras que no habrá maquillaje que haga desaparecer de la cara de mi madre. Y le dije que no tuvimos corazón para botar (con b larga) la carne (que eso es pecado), y que habíamos decidido unánimemente (y sin consultárselo, pero que no se podía negar) que hoy mismo almorzaríamos, merendaríamos y cenaríamos las dos familias de tal manera que nos iba a dar un shock proteico. Así que mejor que pusiera la carne a adobar y les avisara a sus hijas que las tres comidas de este sábado glorioso las tenían que hacer hoy en casa, que nos íbamos a dar banquete las siete mujeres. Y que sí, que desde ya me podía llamar mujer, que yo sería la menor de todas, pero que si era mujer suficiente como para cargar a esa hora con la carne de contrabando y pasarla delante de las narices de la policía y entregársela con instrucciones de que la preparara para hoy y todo esto sin que me temblara el pulso, mientras mi madre se quedaba en su cuarto rezándole un Padre Nuestro a Lenin, entonces era mujer suficiente como para que me llamaran mujer y no me jodieran más con lo de que si todavía tengo carita de niña. Ahí fue cuando a mi tía se le aguaron los ojos. (Estas mujeres cubanas). Me dio un beso y, a modo de despedida, me dijo: «¡Vaya la niña divina!».

Regresé a casa con la satisfacción del deber cumplido (je je) y me metí en la cama. Dice mi madre que ella sí que no pudo pegar un ojo durante el resto de la mañana, previendo que de un momento a otro se le apareciera la policía a comérsela a preguntas, pero yo me estaba cayendo rendida, así que desconecté del mundo. Me despertó al mediodía. Me dijo que me acotejara que hoy íbamos a almorzar temprano. Rumbo al baño, para lavarme la cara y acicalarme un poco, vi que la odiosa de Tatiana estaba en su cuarto, emperifollándose para ir a comerse un bistec en casa de las vecinas. A esos niveles hemos llegado.

Verdad que cuando mi tía dice a cocinar, se acabó el dinero, Esporádico. No te voy a describir el menú por temor a que me acuses de diversionismo ideológico, pero imagínate que todo lo que te cuente es poco. El atracón fue tal que salí de su casa con un dolor en la boca del estómago que daban ganas de salir corriendo para el hospital y, de contra, con un pan con bistec de merienda para la tarde. Ay, lo que es no haber visto pasar la carne en tanto tiempo y tener que enfrentarme a ella, primero, anoche, luego, hoy, en tres tandas. ¡Claro que me tiene que dar empacho! No digo yo.

La cena fue igual de deliciosa, pero con garbanzos en lugar del consabido potaje de frijoles negros y unos tostones con ese aliño más propio de la yuca con mojo y un flan de leche (la leche la consiguió mi tía) que alabado sea Dios. Como somos melodramáticas por naturaleza, no podía faltar el sobresalto en mitad de la cena. Cuando iba por el segundo plato, en medio del entusiasmo de la masa por la masa, con la boca embutida de carne, quién si no la Tatiana para estropear lo ideal del momento. Estábamos hablando todas a la vez (que, para que lo sepas, es la forma de comunicación preferida en esta isla), cuando, de repente, Tati se quedó callada. Y le salió un hilo de sangre de una de las fosas nasales. ¡Qué mal rato, tú! Por suerte, mi tía Marta es doctora y sabía cómo lidiar con el fenómeno. La hizo levantarse de la mesa, mirando hacia arriba —mientras mi prima Ariadna iba a la cocina a buscar un trapo cualquiera con el que contener la hemorragia—, y luego la sentó en el sofá, con la cabeza recostada a un cojín, de cara al techo, mientras le preguntaba si sentía mareo y otro mar de cosas que ya olvidé. Hablando de mar, la sangre no llegó al río. Y al cabo de unos minutos ya estábamos de vuelta a la mesa. Exceso de glóbulos rojos, dictaminó la galena. (El shock proteico que anuncié en la mañana. ¡Dime si no soy la pitonisa!). Cuando regresamos a comer, el bistec se había enfriado y los tostones estaban más tiesos que el cartón tabla, pero qué se le va a hacer a un clavel que se deshoja, ¿dárselo a una vieja coja para que juegue con él? Terminamos de comer por inercia y luego pusimos en la videocasetera de tía, una película que estaba buenísima: *Vestida para matar*. Y así mismo estaba yo —contrastando todo el tiempo con la pizpireta de mi hermana—; si alguien que no fuera de la familia me hubiera visto con los trapos que llevaba encima, se habría muerto en el acto de la pena.

Creo que el mismo exceso de proteína que hizo sangrar a mi hermana es lo que me ha mantenido despierta toda la noche. Abuela subió a casa después de la última cucharada de flan, que a ella le gusta coger cama temprano. Mi madre y Tatiana se quedaron con tía y mis primas, para ver otra peli (todavía no han regresado), pero yo me despedí y vine a ver si aprovechaba y te ponía al día ahora que nadie me molesta. No olvido que te debo los horrores de la Previa, más esta primera quincena de vida en la escuela. Pero no te preocupes, cariño, que la semana entrante te contaré más. ¿Qué por qué tienes que esperar tanto? Pues porque mañana domingo iré a la Playita de 16, con el pan con bistec (que no me pude comer hoy) y me encontraré con un grupo de camilitos, que quedamos en vernos en la esquina de Tercera y 12 a eso de las nueve. (Ay, qué obsesión con los números en esta puta ciudad donde todo se incendia y se va. No es mío, bobo, es de Fito). Regresaré ya en la tarde con el tiempo justo para darme una ducha, ponerme el uniforme verde que te quiero verde, preparar la mochila, salir para la beca y presentarme al pase de lista que hace el oficial de guardia a las 2100 horas. Y después de eso, al albergue, a ver si recupero algo del sueño perdido este fin de semana. Y el resto, coser y cantar. O, lo que es lo mismo: dedicarme a malgastar otros ridículos seis días con sus cinco ridículas noches, marchando a todas partes, formando y rompiendo filas, llevándome la mano a la sien para ejecutar el saludo militar siempre que un superior me pase por al lado. Puedes notar que casi no ha comenzado el curso como quien dice y ya estoy perdidamente enamorada de mi escuelita, mi escuelita es más bonita, porque está muy cuidadita, cuidadita. Uff, no hago más que pensar en ella y me cae una pereza que mejor ni te la describo. Ahora debo dormir. No hagas nada malo en mi ausencia, Esporádico. Pero si lo vas a hacer, ¡avísame!

[27 de febrero de 1996]

A decir verdad, salí de Cuba con un nombre que dejaba mucho que desear. Por suerte las cosas se enmendaron en pocos meses. Que de lo contrario habría sido el hazmerreír de mi escuela y quién quita que no ocurriera lo mismo por el resto de mis días, cada vez que tuviera que llegar a cualquier parte con mi cara fresca y este desenfado congénito y me presentara como Jane Doe. ¿Usted cree que alguien me habría tomado en serio? ¿Que le iban a dar una beca de estudios en Dartmouth College a una fulanita de tal cualquiera? De nada más recibir mi solicitud, al ver la remitente, la habrían echado en el cesto de la basura. Y no tendría hoy el doctorado que tengo, ni estaría encaminada a ser profesora titular de una universidad neoyorquina, pública y todo, pero neoyorquina. Para que entienda la magnitud del disparate y la fuente de mi futuro ridículo, debo explicarle que Jane Doe es como decir Juana Pérez en español. ¡Pero peor! Porque ese es el nombre que les dan en mi país a las víctimas de muertes violentas cuya identidad aún no ha sido determinada; sin abandonar la escena del crimen ya les encasquetan el Jane Doe de manera provisional y Jane Doe esto, Jane Doe lo otro y les mantienen el seudónimo hasta que por fin alguien se digna a reconocer a las occisas y sólo entonces les devuelven el nombre y apellido que llevaran en vida. Bueno, cómo fue a parar ese nombre a mi primer pasaporte tiene su historia. No olvide que la última vez que toqué esta tierra que pisan nuestras plantas fue a las dos semanas de nacida. Y eso también es discutible pues desde que nos dieron de alta del Hospital de Maternidad de Línea, mi madre no me perdió ni pie ni pisada durante la quincena que se demoró en recuperarse lo suficiente como para poder encaramarse conmigo en un avión y salir de aquí echando un patín que ni el correcaminos, y eso quiere decir que en el ínterin la desconfiada mujer no me soltaba a ninguna hora del día o de la noche. Y déjeme confesarle que no había motivos para tanto recelo, que Roberto, sí, mi padre biológico, por Dios, no me siga interrumpiendo que no vamos a acabar jamás de los jamases, habría sido un cerdo, Roberto, sí, durante gran parte del embarazo, pero hay que reconocer que desde que lo cogieron con las manos en la masa sin cantera se portó muy bien con ella, claro que me refiero a mi madre, y en ningún momento le obstaculizó la partida definitiva de su hija rumbo a las antípodas ideológicas. Pero como gato escaldado del agua huye y este señor, vale, compañero, ya la había traicionado con una mujer, quién iba a convencer a la autora de mis días de que esa vez no la traicionaría con aquella novia de todos que era La Causa, sí, su revolución de ustedes, que andaba por aquel entonces en pleno apogeo, en medio de la delirante e irrealizable Zafra de los Diez Millones. Ahora que lo pienso, podría darse el caso de que hasta que salté a la pista del aeropuerto pinareño la semana pasada —luego de que su secuestrador nos dejara abandonar la nave— jamás hubiera tocado suelo cubano. Pero a estas alturas eso es irrelevante. Lo que viene al caso es que el nombre que me dieron en mi más tierna infancia se debe a que por esos días mi madre no tenía las cosas muy claras. Como ya le he dicho, había acabado de sufrir un desengaño muy fuerte con el hombre que meses antes creía el amor de su vida y de verdad que en la vorágine de fin de embarazo, el parto, la ebullición hormonal y las ganas de desaparecer del mundo (o, al menos, de este mundo), no se le ocurrió qué nombre ponerme. Vamos, que no era una prioridad. Y cada vez que hablaba del tema con mi abuela —que si no fuera judía y secular yo ahora mismo estaría pidiendo que la canonizaran en vida, pues la muy santa se dedicó desde Nueva York a meter la mano en la candela por su ovejita negra y hacer todos los trámites del regreso, que incluían cuestiones financieras (comprar un pasaje de ida —más bien, de vuelta—, que ya mi madre no tenía ni dónde amarrar la chiva), trabas burocráticas (dar las mil carreras necesarias para sacarle un pasaporte a su nietecita y otro a su hija que por fin le reveló mi existencia en el último mes de gestación) y tareas logísticas (hacerle llegar ambos pasaportes a mi madre a La Habana)—, la pobre mujer, sí, mi madre, rompía en llanto y le decía a la suya que no, que no le gustaba ningún nombre, pero que algo se le ocurriría en breve. Y fíjese que breve quiere decir una cosa en La Habana y otra muy distinta en Nueva York. Que en esta isla el tiempo no transcurre, pero en el resto del mundo hay leyes universales, como la inercia, la gravedad y, sí, el incesante gotear del minutero. Y, para demostrarlo, en medio de las dudas maternas, se interponía el reloj, que sí marcaba las horas.

Seguro que las autoridades migratorias de mi país fruncieron el ceño cuando mi abuela, cansada de esperar a que mi madre pusiera —o, más bien, nombrara— el huevo, se apareció en el edificio ubicado en el número 1 de Federal Plaza con el certificado de nacimiento de su hija a solicitar un pasaporte para esta y otro para su bebita que, inocente criatura, había tenido la desgracia de nacer en un país socialista. Y hasta les hizo el chiste de que los doctores no me habían tenido que dar la nalgada de rigor para hacerme que exhalara la primera bocanada de vida y dejara constancia auditiva de mi primer llantén, sino que sólo tuvieron que decirme «naciste en Cuba» y que daba lástima el desconsuelo con el que la pobre americanita se había lanzado a aquella perreta de proporciones diluvianas. Y el oficial de inmigración que la estaba atendiendo ya estaba doblado de la risa, repitiéndole que el había oído chistes buenos, pero que el suyo no tenía parangón. Y por eso cuando le soltó el Jane Doe, el tipo le respondió con una carcajada, convencido de que se trataba de otra broma de la ocurrente señora. Pero al ver que mi abuela se mantenía inmutable, el burócrata se llamó a capítulo, respondió el teléfono, dejó las risitas para el horario de almuerzo y no tuvo más remedio que expedir el documento a nombre de la señorita Nadie, quizá sin saber que su comentario constituía una referencia clásica y que ese clasicismo trasnochado tendría el suficiente poder como para sellar mi destino. Porque, no se llame a engaño, teniente, que la pregunta del Willy, hombre, quién va a ser, Shakespeare, es retórica y malintencionada. En un nombre hay un mundo. Y una rosa con otro nombre por supuesto que olería distinto. Si no me cree, pregúntele a la flor de peo.

[Fin de la transcripción].

Sábado, 8 de noviembre de 1986

No me estés poniendo caritas y mucho menos te me vengas a hacer el mártir o el chivo con tontera que tú no eres el único que sufre en esta vida. O es que acaso te crees que el simple hecho de pasarte días y noches escondido entre los muelles de mi cama te da derecho a luego venir a reclamarme por la frecuencia con que escribo o dejo de escribir en tus páginas. O es que ya se te olvidó que uno de tus nombres es Esporádico, Esporádico. No, chico, no estoy brava contigo, pero con alguien tengo que cogerla, ¿no? Y tú, querido, eres el eslabón más débil de la cadena puerto-transporte-economía interna, que en esta casa no tenemos perritos ni gatitos y la Tatiana es tres años mayor que yo. Además, me jode un poco que todavía no entiendas por qué no escribí el fin de semana pasado. Ya sé que te dije que te pondría al tanto en siete días, pero, cógelo suavecito, mi chino, que como dice el proverbio: «el hombre propone y Dios dispone», frase que en esta ocasión podríamos modificar a «la camilita hace planes y luego viene el teniente y se los echa por tierra». Que a ese ser oscuro (el teniente es negro, je je) no le importa un comino que yo tenga un compromiso con el dienteperro de la Playita de 16 en la mañana del sábado, ni que esa misma noche me hayan invitado a una fiesta con la gente de doce grado en el Vedado, o que el domingo me espere una cita con Rosita (la manicurista), ni que haya quedado contigo, oh, papiro mío, en escribir las cosas que he visto y las que son y las que han de ser después de éstas, como dice el libro de las Revelaciones o el del Apocalipsis —que, después de un fin de semana encerrada en

Capdevila, vienen siendo la misma cosa—, porque cuando el teniente Lombardo dice no, ni a palos sube la loma, que el muy hijo de la gran puta es más testarudo que el burro de Mayabe. Y resulta que al personaje se le metió entre ceja y ceja que yo me iba a quedar sin pase, por una mala contesta que le di al final de la Previa —ya sé, pero descuida que hoy sí te cuento—, pero que yo pensé que se había quedado ahí. Por tanto, no peco de inocente al decirte que el jueves de la semana pasada, cuando hicimos la primera corte marcial —después del dichoso periodo de 45 que en realidad fueron 42 días de preparación a monte abierto, en los que vivimos como animales y subsistimos, nunca mejor dicho, con la ley de la selva—, yo pensaba que el objetivo de la tremenda corte era explicarnos un poco más a fondo lo del sistema de méritos y deméritos y cómo funcionaban las recién estrenadas tarjetas de reporte y cuántos deméritos le hacían perder a una el derecho, mentira, derecho no, que especificaron bien clarito que era el privilegio, de visitar a nuestras familias los fines de semana y en esas ensoñaciones estaba evitando el inevitable sueño vespertino que mientras más avanza la semana más presente se hace, cuando de repente me llega el turno de comparecer ante los tribunales militares, que con este apellido bobo que arrastro hace que sea la séptima en la lista en orden alfabético, y ahí es que escucho al jefe de pelotón que me llama por mi nombre completo y lo próximo que recuerdo es que estoy parada al frente del aula, con una sonrisa de oreja a oreja, mirando a mis compañeros de clase que no entienden ni mi despiste ni mi contento, mientras me cuadro en posición de firmes, con la mano derecha tocándome la ceja del mismo lado de la cara y repito ese mantra obligatorio de las escuelas militares: «¡Sirvo

a la Revolución Socialista!». Y entonces el jefe de pelotón me pide
mi tarjeta de reporte y yo, feliz como una lombriz, me llevo la mano
derecha (que ya te dije que soy diestra, la siniestra es mi hermana) al
bolsillo izquierdo de mi blusa de diario, saco un pedazo de cartulina
de un blanco impoluto y se lo entrego al capataz llamado a la luz del
día por otro nombre. El tipo lo mira de arriba abajo y al ver que no
contiene ningún incidente negativo, hace además de extendérmelo,
pero en eso el teniente Lombardo lo interrumpe, diciendo que las
apariencias engañan y que si mi tarjeta está limpia lo único que eso
demuestra es que yo sé muy bien cómo agenciármelas para salir de un
fanguero sin embarrarme, pero que eso no quiere decir que la muy
zorrita (fíjate que ni zorra me dijo, ¡zorrita!) haya tenido una actitud
intachable en la semana que está a punto de concluir. Y ahí mismo
dictaminó que yo me quedaba ese fin de semana sin pase. Que yo
sabía por qué. Yo le contesté que no, que no tenía la menor idea
de qué estaba hablando, a lo que respondió —con esa sonrisita que
suelta el muy cínico cuando se atusa el bigote— que la tranquilidad
que iba a encontrar el sábado y el domingo en la soledad del albergue
y la calma de verme con la escuela para mí solita ayudaría a abrirme
las entendederas. Y yo que mis entendederas estaban abiertas y que
si me iba a acusar de algo, bien, pero que tenía que demostrarlo y él
que en esta vida lo único que él tenía que hacer era morirse, que el
resto de las cosas era puramente opcional. Y que no había más que
hablar, que me retirara a mi asiento y no fuera tan egoísta que estaba
atrasando la corte, que por él se podía extender hasta el horario de
comida, interrumpirse veinte minutos que bastaban y sobraban para
devorar los chícharos medio aguados, el arroz patitieso y ese pescado

inodoro, insípido e incoloro —la crítica culinaria es mía, que para él esos seguro que son manjares— y continuar inmediatamente después, que a él sí que le daba lo mismo pito que flauta y no le importaba consumir el tiempo de la recreación en terminar con los juicios a los integrantes de su pelotón mientras el resto del alumnado de la escuela aprovechaba para bailar, conocer gente nueva, ajustar cuentas pendientes o lo que fuera que quisiera hacer dentro de lo permisible en esa noche de relativo libertinaje, y que si no quería que las cosas tomaran ese rumbo, que no jodiera más y me acabara de sentar, que mis compañeros esperaban ser juzgados con la imparcialidad que caracterizaba al proceso, y que ese era precisamente el motivo por el que él presidía sobre nosotros, para garantizar un mínimo de justicia y velar por el cumplimiento del código de ética de los camilitos y premiar a aquellos cuyas buenas acciones pesaran más que las malas en la siempre omnipresente balanza revolucionaria. ¡Qué roña, Esporádico! Las orejas se me pusieron más rojas que un tomate encabronado y los ojos quisieron aguárseme, pero pensé que no le podía dar el lujo de verme llorando y adivina qué me salvó de hacer un papelazo: ¡tú! La idea de poder escribir los versos más tristes esta noche, aquí, en estos folios rayados que dejan constancia de mi paso por el mundo —perdona la chealdad, la circunstancia y el contraste lo ameritan— y de mi intento por registrar la oración más preciosa de la sufrida lengua española, que no es aquella que se refiere a un lugar de La Mancha de cuyo nombre no quiero acordarme, ni la otra que habla del amor, madre, a la patria, ni mucho menos la que pide que nadie rebaje a lágrima o reproche esta declaración de la maestría de Dios, que con magnífica ironía hizo tal o más cual cosa, sino esta otra, que es mucho más urgente y sincera y memorable y reza: ¡Me cago en el ventrículo izquierdo del reverendo corazón del recontracoño de la madre del teniente Ramiro Lombardo Collazo!

Ya lo ves: hace tan poco que nos conocemos y ya eres mi tabla del náufrago, querido. Sin ti, me habría deshecho en menudos pedazos, como la bandera algún día. Pero tú me das fuerzas y ánimo y me enseñas a develar el misterio de saber quién soy. (El final de la oración anterior es de una cancioncita de moda en estos tiempos que les gusta mucho a los cardiólogos, por su sangriento estribillo que repite: «Corazón, corazón, corazón, quiero verte por dentro»). Tanto me ayudas a hurgar en mis entrañas que a veces me dan ganas de escribir en tu primera página una advertencia que, parafraseando a Walt, diga: «Camarada, quién toca este diario, toca una cebolla». Qué Disney de qué, chico, ¡Whitman! ¡Qué bien se ve que tú vienes de California! Lo de la cebolla, con suerte, no es por ese olor tan agrio y penetrante que es capaz de hacer llorar a Atila, el huno, sino por las capas y más capas de mí que quedaran expuestas entre tus cubiertas.

Pero, bueno, perdóname por haberme ido del tema luego de recordar a la progenitora del maldito teniente y haberme sacado esa dulce espina del zapato, así que sin más, doy paso a —música, Maestro— contarte un poco más de la Previa. Resulta que la primera noche de esa aventura infernal ya nos habían asignado a todos y cada uno de los aspirantes a camilitos —que resulta que ese era el término preciso: aspirantes— turnos de guardia que comenzaban en el momento en que se daba el silencio y concluían poco antes del alba con el ensordecedor grito que pregonaba el de pie. Y resulta que como éramos pocos parió la abuela, lo que quiere decir que cada cinco noches se repetía la rotación. Los ciclos de guardia nocturna eran cuatro: de 10 a 12, de 12 a 2, de 2 a 4 y de 4 a 6. La guardia la teníamos que hacer por parejas y a mí me había tocado en suerte compartir desgracias con Alejandro, el futuro expulsado de Capdevila. Nos repartíamos así: el grupo de guardia A cuidaba la posta X desde las diez hasta la medianoche, momento exacto en que era relevado por el grupo B, que aguantaba el batón hasta las dos de la mañana, cuando era sustituido a su vez, adivina por quién, ¡por el grupo A!, que sostenía la antorcha hasta las cuatro y la pasaba otra vez al grupo B, que era quien se encargaba de despertar al oficial de guardia para que este tocara la diana y rompiera con la pereza generalizada. Cada cinco noches nos tocaba alternar, lo que quiere decir que si en la primera sesión tu turno había correspondido al grupo A, al décimo día te tocaba el B y así hasta el infinito de la cuadragésimo quinta jornada, que gracias al cielo quedó trunca tres días antes. Claro, por si la molestia de la vigilia perpetua fuera poco, uno de los oficiales, ¡adivínalo, anda!, dictaminó que para darnos un incentivo extra a cumplir con nuestras labores de vigilancia, había seleccionado un grupo de *rangers*, que lo incluía a él mismo (mira que hay gente que come mierda en este mundo, tú) cuyas misiones primordiales se desarrollaban bajo el feliz amparo de la madrugada y consistían en cazarle la pelea a los centinelas y esperar a que estos tiraran un pestañazo para robarles parte del armamento o el parque —no estoy hablando de la alameda que vemos desde esta ventana, que en jerga guerrera *parque* equivale a *municiones*— que protegían las bellas y sus respectivos bellos durmientes. Y entonces a la mañana siguiente se aparecía el teniente Lombardo con los fusiles de asalto robados durante tu turno de guardia y te metía un sermón que doblaba la esquina y te decía que tú no aguantabas ni quince minutos en una guerra de verdad (como si él hubiera estado en una) y que te salvabas que él era buena gente, que no dijeran que él era malo, y que aquello era precisamente una preparatoria para endurecer el carácter y quitarnos toda esa ñoñería que traíamos de nuestros respectivos hogares, porque de lo contrario, no quedaría uno de nosotros vivo a esas alturas. Y que si en los turnos de guardia que nos tocarían después de la Previa —por suerte estos tendrían una frecuencia de uno cada dos meses, pues nos los repartiríamos con el resto del alumnado de Capdevila, y en los que tendríamos que cuidar las reservas de comida del centro, la enfermería con su codiciada provisión de medicamentos y, lo más importante, el arsenal de la escuela, que además de la fusilería y algunos revólveres y pistolas sí incluía balas de verdad (no las de salva bajo nuestro custodio durante la Previa) y trazadoras y hasta lanzacohetes y granadas de mano—, nos quedábamos dormidos, el mes sin pase no había dios que nos lo quitara de la cabeza. Y terminado el sermón, para dar fe de su magnanimidad nos decía que como la jefatura había establecido que el fin de semana en que concluyera la Previa todos sin excepciones teníamos el derecho, sí, dijo derecho, de ir a nuestras casas a desempercudirnos y chocar con un plato de comida caliente, entonces, él nos daba la opción de, en los escasos ratos libres de cada día, hacer recargo de servicio bajo sus órdenes, cosa que consistía siempre en tareítas mierderas que nos asignaba con desgano y que chequeaba con saña, como, por ejemplo, mandarnos a chapear la hierba mala al lado de la carretera por la que estuviéramos transitando en esa tarde, que era, no faltaba más, una carretera en el culo del mundo y de la que a nadie le importaría un comino si el hierbazal daba a la cintura o al pecho, o nos encomendaba cavar unas trincheras que ningún ser humano usaría jamás o cualquier otra estupidez afín, o igual nos presentaba la opción de aprovechar esos pocos minutos de solaz para recuperar el cansancio de la caminata marcial, o jugar al solitario, o escribirles carticas a los miembros de la familia o cualquier cosa que se nos ocurriera, pero que entonces cuando regresáramos del pase luego de los 45 providenciales días —que fueron 42— tendríamos que quedarnos un fin de semana sin pase por cada vez que nos había agarrado durmiendo. Y, claro, casi todos optábamos por el dichoso recargo de servicio, para preservar los sábados y domingos del futuro. Y el teniente Lombardo decía que nada lo complacía más que el hecho de saber que gracias a la opción que nos daba con el recargo de servicio, cada seis días veríamos ese animal salvaje que es La Habana nocturna.

Ya que estamos en la noche: en la primera guardia que nos tocó a Alejandro y a mí durante el mes y medio a la intemperie, el dichoso teniente nos ubicó en la posta y nos dijo que teníamos que permanecer allí hasta que llegara nuestro relevo a la medianoche. Y cuando se dio vuelta para retirarse, el Ale se persignó y Lombardo que no había apartado la vista del todo lo pescó con el rabillo del ojo y le dijo que qué era esa señal de la cruz que había hecho, que si no sabía que nosotros éramos alumnos de una escuela marxista y machista-leninista que creía en el materialismo-dialéctico y en la que la única deidad posible era la revolución y el único mesías permitido, nuestro comandante. Y Alejandro, sin perder un compás, le contestó que no se preocupara, teniente, que él era ateo. Y que esto era un error de

Alexis Romay

interpretación de su parte, pues el gesto no tenía ninguna intención religiosa: él simplemente me había hecho una seña para ponerme al tanto de su estado del hambre, que era de cuidado. Y el teniente que cómo era eso. Y Alejandro se llevó la mano derecha al nacimiento del pelo y dijo «estoy pensando», se puso la mano en la boca del estómago y continuó su credo «cómo llenar esta» e hizo un movimiento rápido con la diestra que saltó de un hombro a otro, mientras culminaba con «sin mover ni esta ni esta». Y Lombardo, que nunca enseña los dientes, soltó una risotada y me miró a mí, que tenía los carrillos hinchados de aguantar la risa, pero con la oscuridad rodeándome (Lombardo me estaba dando la vuelta, je je) era imposible distinguir los rasgos, aunque a lo mejor el teniente lo notó, pero estaba cansado y optó por hacerse el bobo, así que me preguntó si era verdad y le dije que sí, que así nos comunicábamos, que cuando el hambre aprieta, uno aprende hasta a hablar por señas.

Mi socio libró de esa, pero el chiste que le costó la expulsión de Capdevila llegaría una quincena más tarde. Y ahí sí que no pude hacer nada por justificar que hablaba de otro Camilo, y cuando dije que yo en realidad había escuchado «¡Saturno, señor de los Anillos!» y, que, a pesar de que si lo analizaba autocríticamente tenía que aceptar que lo había encontrado un poquito gracioso y subversivo, jamás se me habría ocurrido que eso fuera una ofensa al héroe del sombrero alón que le daba nombre a nuestra escuela, ni mucho menos que esto le mereciera la expulsión a un alumno que tanto potencial había demostrado en las tres primeras semanas. De nada valió. Ya la suerte estaba echada. (Ay, el determinismo nos persigue). Así que Alejandro, ya excusado de la interminable caminata, se congració con los cocineros, los choferes y el personal de la enfermería y si se hubiera postulado, estos señores lo habrían votado (con v corta) alcalde de la Previa y habrían hecho cualquier cosa por contentar a este tipo que hacía reír a todos. Y entre las cosas que hacían por él estaba comprar cigarros y ron —cuando éstos se daban un brinco al pueblo más cercano—, que luego el Ale me entregaba a escondidas.

Pero basta de Alejandro por el momento —ya regresaré a él más adelante—, que sé que estás esperando los horrores que te prometí: la cuarta noche de la Previa, uno de los alumnos de guardia descubrió a un tirador y aquello terminó como la fiesta del Guatao. Ya sé que vas a pensar que estamos hablando de terminología bélica y te digo que no: esto es plena y puramente sexual: el tirador es un espécimen del género humano, por lo general de sexo masculino, que parapetado detrás de algún árbol, muro u objeto lo suficientemente grande para ocultar parte de su humanidad, desenfunda la vaina y la trajina. ¡Qué no entiendes! Compadre, tú eres más denso que la niebla que cubría la carretera rumbo a El Cacahual. Estoy hablando de un mirahuecos, un matador, un pajuso, un rescabuchador (vaya, con rimita, para que no te quejes), en resumen, chico, de un personaje que se masturba a la menor oportunidad. Pues resulta que el tirador de marras (y de parras) estaba detrás de un arbusto, con el instrumento punzante en una mano que se movía a la velocidad de las almas vertiginosas y el custodio, con su AKM a cuestas, sintió como crecía muy cerca de él un ruido medio raro, convoyado (con perdón) de unos gemidos que salían de los matorrales y, en medio de la madrugada y presa de un pánico inoportuno, sin saber muy bien qué hacer le dio por disparar una ráfaga en esa dirección, y dale gracias a la vida que me ha dado tanto y al destino que lo que había en el cargador eran balas de salva, que si no, el pajuso nocturno habría guindado el piojo ahí mismito. No te vayas a creer que eso es todo. Aquí es donde se complica la cosa pues los disparos fueron a quemarropa y qué la ropa, le quemaron la cara y un antebrazo —aunque dicen los doctores que las quemaduras en la piel eran muy leves, que no dejarían marcas y en cosa de un mes o algo así estaría como nuevo—, pero el caso es que el matador salió de los matorrales, sin siquiera haberse subido los pantalones y cogió una piedra y se la zumbó por la cabeza al del fusil, que cayó redondito justo delante del oficial que estaba al frente de la compañía esa noche aciaga y que se había tirado de la hamaca al primer disparo.

Para no hacerte el cuento de la buena pipa, déjame cortar por lo sano y decirte que al pajuso lo expulsaron inmediatamente de la escuela; a ese sí lo tuvieron que transportar a La Habana en el acto porque todos los camilitos —para quienes el hecho de haber sido despertados abruptamente en medio de la noche pesaba menos que la naturaleza de la interrupción del sueño— querían comérselo vivo, que si eso no era de hombres, que ese se podía haber estado masturbando a costa de la hermana o la madre de cualquiera de ellos y eso sí que no, caballeros. Y cada cual más guapo que el anterior. Que si lo iban a buscar a su casa y pedirle que rindiera cuentas de la manera que sólo los hombres machos varones masculinos cubanos saben hacerlo, que es con la elocuencia que les es dada a los nudillos. Y nadie sabía la dirección del tipo, que además de pajuso era antisocial y no había cruzado ni tres palabras con ninguno de los caminantes. En fin, que resulta que al pobre diablo que estaba de guardia lo tuvieron que transportar esa misma madrugada al Hospital Militar Carlos J. Finlay, que queda —tú que no sabes nada— en los confines de Mariano, o lo que es lo mismo, lejos con ganas de donde estábamos acampados, con una contusión en la cabeza y sin haber recuperado el sentido. Y lo más triste del caso es que se llevaron al pajuso y al de la cabeza rota, ambos heridos de sombras, en la misma ambulancia que salió pitando como el tren lechero. Y a través de los cristales del carro se podía ver como al pajuso —con la cara roja y ardiendo, no por la pena, sino por la proximidad de los disparos— le caían unos lagrimones que me dieron un sentimiento que para qué.

La enfermera y el chofer regresaron a la caminata bien entrada la tarde de ese día que había comenzado entre disparos, cuando ya los ánimos comenzaban a volver a su permanente estado de apatía total, con noticias más o menos buenas: Gatillo Alegre (nadie recordaba su nombre) había recuperado el conocimiento, pero igual lo mantendrían en el hospital en observación los próximos dos o tres días para ver cómo evolucionaba ese golpe en la cabeza que había creado un coágulo que era mejor mantener a raya; también dijeron que las quemaduras en la piel del Paja (nadie recordaba su nombre) habían sido leves y sanarían en breve. Lo que no mencionaron públicamente —de esto me enteré gracias a Alejandro, semanas más tarde, cuando ya se había hecho socio del personal civil que trabajaba en la escuela— fue que el pajuso se quedó toda la noche, la mañana y la tarde de ese día al lado de la cama de su víctima y que cuando este despertó le pidió que lo perdonara, que su intención no había sido mandarlo a una sala de emergencias ni mucho menos y que tampoco era un depravado que andaba matándose a pajas aquí, allá y acullá, sino que cuando recibió los disparos en la cara estaba resolviendo una necesidad fisiológica (lo dijo así), pues se había pasado la hora anterior en un besuqueo con una camilita que a la hora de los mameyes no quiso cerrar la transacción y lo dejó con aquel falo de Alejandría entre las piernas y con una calentura que lo tenía doblado del dolor, y que fue por eso que había decidido evacuar sus penas, con tal mala suerte que en el apurillo no se fijó bien y escogió un arbusto pegado a donde él hacía la posta. Y el resto, para qué explicarlo: cuando se supo bajo ataque y sintió ese ardor que le comía la cara sólo atinó a agacharse y agarrar una piedra y ya desde ese momento no tuvo voluntad ni control de sus actos pues lo que iba a pasar estaba escrito en las estrellas o sobre la roca pulida, y por eso habían ido a parar ambos a un cuarto de hospital, para demostrar de una vez y por todas que al que nace para toro del cielo le caen los tarros.

Dice Alejandro que la enfermera rompió en llanto al confesarle que, cuando Cara Quemada terminó de hablar, Gatillo Alegre tomó la palabra y se disculpó por haberle disparado a bocajarro, que quien había apretado el ídem no había sido él, sino sus nervios, pero que sí era él quien en ese momento le tendía la mano y le ofrecía su amistad, mientras le agradecía el haberse quedado todo el tiempo al pie de la camilla. Gatillo Alegre no regresó a la Previa y se matriculó a los pocos días en el Antonio Guiteras, uno de los preuniversitarios con más swing en el Vedado y, por transferencia, en toda la isla. Ah, en los días finales de la estúpida marcha interminable nos enteramos de que la pedrada y la contusión le habían merecido un certificado médico del mismísimo hospital Carlos J. Finlay, que lo eximía de pasar el servicio militar obligatorio al concluir el doce grado o, en caso de abandonar los estudios, luego de cumplir la mayoría de edad, que en esta Cuba que linda es Cuba se alcanza, oficialmente, a los 18 años. Así que aunque quizá sea un poco inapropiado decir que todo lo que sucede conviene —está visto y comprobado que las contusiones menores son las que ocurren en cabezas ajenas—, Gatillo Alegre navegó con algo de suerte, que no todo el mundo se puede dar el lujo de decir que ha salvado del lobo un pelo.

[28 de febrero de 1996]

No, no piense que le estoy dando vueltas en vano. En realidad no hay mucho que contar de mis primeros años: tuve una infancia y una adolescencia bastante uniformes, si por uniforme se entiende algo estable, sin muchos sobresaltos, comparable únicamente a mi vuelo rumbo a Nassau, antes de que lo secuestrara y lo trajera a estas tierras su hombre en Miami. Por lo demás, de veras que no hay mucha tela por donde cortar. Asistí, desde el primero hasta el duodécimo grado, a la misma escuela. ¿Ya ve? Le acabo de sacar un bostezo. De ahí, obtuve una beca —de ajedrez, mire usted, y acá que no me acaban de entregar mi dichoso tablero de bolsillo para entretenerme entre sesiones— para estudiar en Dartmouth College, una de las más prestigiosas universidades de Estados Unidos, empotrada en algún frío confín del norteño estado de New Hampshire, si me trae un mapa le muestro dónde. En esos mundos perdidos de Dios hice una licenciatura en lengua y literatura (para adquirir más cultura con mi cara fresca y dura), no se ría, que la cosa rima porque mi especialidad fue el corpus literario caribeño (y, en específico, el cubano), que por esta parte del mundo tienen mucho salero y eso se pega. Además, si no estudiaba literatura cubana, dígame, ¿quién iba a aguantar a mi madre? No, claro que ella no me exigió una carrera de humanidades ni mucho menos que me adentrara en las vísceras literarias de este país, pero lo hice para no tener que seguir aguantándole los sermones sobre los poetas de Orígenes (que, para serle bien sincera, jamás soporté) y toda la parafernalia que monta siempre que le da por hablar de la isla que se repite. Pero no, se equivoca: la intención no era cumplir la profecía de que hija de gato caza ratón, sino para demostrar de una vez y por todas que hija de gato puede cazar ratón mejor que su ancestro. A ver si así el gato deja de joder y alardear de sus dotes de predador o, para mitigar el daño, lo hace con menos frecuencia.

Mi padre, para nada. Si fíjese que una de sus bromas favoritas es que él sólo se ha leído *14 años de soledad*. Ocurrente el personaje, ¿eh? Y entre pestañazos. En unas vacaciones en Puerto Rico. Con mosquitos y ron caribeño a granel. Ese lo único que devora es el *Wall Street Journal*, la sección de negocios de *The New York Times*, *The Economist* y cosas de la misma índole. Bueno, para usted será mi padrastro, pero fue él quien me crió y quien me dio cobija, cariño y apellido. Y yo le digo padre. Así que tenga la bondad de quitarle el sufijo, mi teniente, que donde las dan las toman. Mi madre lo conoció al año de su regreso de Cuba, en una cita a ciegas organizada por mi abuela, que estaba actuando en plan *yentah* —no, no es inglés, es yiddish y equivale más o menos a "arregladora de matrimonios", aunque también se puede usar y se usa como sinónimo de chismosa, entrometida, ya usted sabe—, y se había negado rotundamente a aceptar que su nieta creciera sin una figura paterna a su lado.

No nos llevamos ni bien ni mal. Es un hombre de pocas palabras —dice que es por la ingente cantidad de números que pueblan su vida: que se dice fácil, pero ya lleva casi tres décadas y media en Wall Street—, un tipo parco, medio seco (¡pero no como el vino!), sin embargo es agradable cuando tiene que serlo y el resto del tiempo se porta como un cero a la izquierda. Apuesto cualquier cosa a que si me estuviera escuchando, aprobaría el símil. Es que le gusta que se le describa como un dígito, al punto que, un día, de vuelta de casa de mi mejor amiga, de donde regresaba, al parecer flotando en una epifanía matemática y buscando ser original, le dije que él era un número primo, pues sólo era divisible por sí mismo y en el acto dejó escapar una carcajada y con la misma soltó el periódico, me cargó y me dio un abrazo y un beso y más nunca me dio una muestra de cariño tan efusiva como esa noche. Tendría yo unos nueve años. No puedo decir que sea la niña de sus ojos, pero me alegro, que el susodicho es un miope de cuidado.

Pues sí, mi madre y Julián a los cinco meses de relación ya se habían casado y —en contra de la voluntad de mi madre, quien desde el regreso de su periplo cubano (y para horror de mis abuelos) se había establecido conmigo todavía de meses en un pequeño apartamento en Chelsea, que era un vecindario bohemio y un poquito candente, si entiende a qué me refiero— se mudaron de vuelta al Upper East Side, que es donde pulula la alcurnia y donde había crecido mi madre y de donde había salido —en reacción a su hábitat natural— a perseguir aquel delirio revolucionario que la trajo a Cuba, con las consecuencias que ya conocemos.

En 1992, a punto de recibir el título de *bachaelor*, solicité una beca en la Universidad de Columbia para estudiar literatura: esta vez la maestría y el doctorado al unísono y, sorpresa, me aceptaron, con todos los gastos pagos. Y esto de las becas no es porque en mi familia no hubiera capital para costear los estudios —que lo había para comprar una casa en East Hampton—, sino porque mis padres siempre insistieron en que a los estudiantes se les debía otorgar becas no por los ingresos de sus familias sino por sus cualidades como pupilos. Y ahí tiene como mi madre —siguiendo los pasos de Patty Hearst, quien fuera secuestrada en 1974 por el Ejército Simbiótico de Liberación y que mientras sufrió el síndrome de Estocolmo se uniera a la causa de sus captores y se montara en el tren descarrilado de la robadera de bancos y de destruir al sistema desde adentro, una vez rescatada por fuerzas federales se cortara el pelo al estilo de la más conservadora agente de bienes raíces, se pusiera un traje de vendedora de Talbot's y se dedicara a conceder entrevistas a la prensa en las que sobresalía el hecho de que se había vuelto más capitalista que el juego de monopolio— hizo el círculo completo y saltó de radical socialista cortadora de caña en los campos cubanos a votar por Reagan en las elecciones de 1980.

En estos días ando enfrascada en esa recta final: soy ABD. No, no es un partido político ni una vacuna. Son las siglas de *All But Dissertation*. Eso quiere decir que ya he cumplido todos los requisitos de mi doctorado, excepto lo concerniente a la culminación de la tesis, que es, vaya ironía, sobre un escritor cubano, sí, claro que cubano de Cuba, ¿es posible ser cubano de otra parte? Ay, ¿qué pensaría el pobre si me ve en esta escena de Neil Simon? Y el rango de ABD, sumado a mi dominio nativo de esta lengua (perdone la inmodestia) y quién sabe si lo exótico de ver cómo sonaría mi apellido judío en medio de un departamento de estudios literarios sobre Hispanoamérica, pletórico de Buendías y de Agüeros fue quizá lo que posibilitó que en agosto del año pasado me ofrecieran la vacante en CUNY y que desde entonces imparta cuatro clases a sendos grupos de aspirantes a alcanzar la misma licenciatura que yo vencí hace menos de un lustro.

Bueno, teniente, ya que usted insiste, entraré en detalles, pero a decir verdad, a estas alturas aún me cuesta un poco de trabajo hablar de ese tópico, pues —luego de casi una docena de años y miles de dólares tirados por la borda del bote de mi sicoanalista (es un decir) — todavía tengo mis serios problemas con ese dichoso lugar. No, no puedo precisar desde cuándo, pero lo cierto es que no puedo acercarme a un radio de menos de cinco cuadras de ese sitio en el que tan mal se estaba sin sentir aquello que mi doctora alguna vez llamó "alergia sicosomática": me entra como una picazón por todo el cuerpo y en el verano hasta me salen ronchas. No, ya le he dicho más de mil veces que yo jamás exagero. Esa incomodidad —que es física, ilógica y, por supuesto, fisiológica— se debe a mi temor a encontrarme con algún ex compañero de clases o con algún maestro o con los padres de alguien que haya ido a la escuela conmigo. Y todo esto me da como unos escalofríos de película de horror a medianoche. No me malinterprete: es una educación muy buena —o solía serlo, estos días quién sabe—; creo que comenzó a principios de la década del cuarenta como una escuela muy progresista. No, no; hablo de progresista en un sentido académico. Pero después, los tiempos que corrían —o la modorra que genera todo status quo— hicieron que muriera ese "espíritu revolucionario". No, por Dios, fíjese que lo puse entre comillas para que entienda que no estoy hablando de su revolución, que aunque por acá piensen lo contrario, esta isla no tiene el copyright de la palabrita. Pues sí, muy progresista la cosa: por ejemplo, si una era buena alumna y tenía motivación por el estudio y tal, la dejaban tranquila y había muchísima libertad académica como para aprender lo que una quisiera y teníamos un mar de opciones a nuestro alcance y, como decimos en inglés, el cielo era el límite. Repito, porque no quiero sonar como una malagradecida que toma las cosas por sentadas, que esta era una muy buena educación, sobre todo si eras emprendedora, pero si tenías una personalidad un poco más pasiva (que, por suerte, jamás fue mi caso), entonces no era la escuela ideal para ti. ¿El nombre? Fíjese que hasta me cuesta decirlo. Como que se me secan los labios. Dalton.

Resulta que como mismo nos habían servido en bandeja de plata todas las oportunidades y para demostrarlo nos jactábamos de tener los mejores maestros, los mejores laboratorios, los mejores conferencistas ocasionales, no todo lo que brillaba era oro —aunque esta imagen no es la más feliz, porque ahí todo lo que brillaba *sí* era oro, metales preciosos o diamantes diamantinos— y por eso la balanza entre lo bueno y lo malo era complementada con un alumnado que al margen de sus notables excepciones estaba compuesto por eso que en esta tierra llaman "hijitos de papá": quejicas, malcriados, futuros herederos de fortunas impensables, niños y niñas que crecían pensando, perdón, *sabiendo* que eran mejores que los demás y, por supuesto, se lo merecían todo. Al punto de que, una vez, en segundo grado, en un torneo de ajedrez, me tocó de contrincante una ajedrecista que culminado el juego y después de que el instructor del juego-ciencia le explicara una y otra vez lo irremediable e irreversible de la situación no se hacía a la idea de que había perdido la partida, porque hasta entonces el concepto de derrota jamás le había pasado a millas a la redonda. No sé si esto mismo ocurría en otras escuelas públicas o privadas (y cómo lo iba a saber si sólo fui a esta), pero al menos yo me eduqué entre chiquillos arrogantes, de quienes no únicamente se esperaba que fueran arrogantes sino que se les incitaba a ello. Al menos mientras estuve ahí este era el panorama. Francamente desolador. Una tierra baldía que cultivaba lilas en su suelo infértil, mezclaba la memoria y el deseo y removía raíces secas con lluvias primaverales. Apoteósico, ¿verdad? O, para ser más precisa y menos decadente: era una colmena, pues nos gastábamos nuestros zánganos y sus abejas obreras y una reina que regía sobre todos los mortales. ¿Cuándo tomé conciencia de esta lacra envuelta en seda que me rodeaba? No podría precisarlo. Pero sí le puedo decir que desde entonces he hecho todo lo posible por desasociarme de ella y sus aires de grandeza.

Lo más deprimente del caso era el sentimiento de pertenencia que prevalecía entre los estudiantes que iban de uno a otro lado, encerrados en la gloria de las cuatro paredes de aquel recinto. Y el contraste. Sí, porque la inmensa mayoría de los alumnos provenía de la aristocracia o la meritocracia neoyorquina: hijos de actores y actrices que no pasaban una semana sin aparecer en las portadas de los tabloides, novelistas de renombre, ensayistas polémicos, científicos notables, precursores del ateísmo, creadores de cultos, directores de cine, músicos descollantes, dueños de canales de TV, abogados de firmas todopoderosas, editores de las casas más establecidas, ejecutivos de Wall Street, políticos y politicastros (con perdón) y un variopinto etcétera de lo que más valía y brillaba (o eso creíamos) en La Gran Manzana de aquellos tiempos. El contraste nos llegaba del otro lado del aula, desde donde nos querían abrir los ojos a la realidad unos maestros divinos, que eran la crema y nata de la pedagogía, pero que eran más mal pagados que las trabajadoras sociales de la calle 42; lo de los sueldos lo sé, bueno, lo sabíamos todos, porque cada cierto tiempo nos dejaban caer la noticia en las situaciones más pertinentes o inapropiadas, como para que recordáramos el inmenso privilegio que era tenerlos al frente del pizarrón dictando cátedra mientras esperábamos a que sonara el timbre que señalaba los recesos con su aluvión de cotilleos y daños colaterales. En realidad, nunca me sentí muy cómoda en Dalton; de hecho me daban cierta vergüenza ajena (y propia) su atmósfera excluyente, sus pequeñas rencillas, sus pretensiones de alta sociedad y en específico este grupo de chicas que entre todas juntas tenían menos neuronas que un mosquito Aedes Aegipty, transmisor del dengue y sus derivados, pero que eran rubias y delgadas y preciosas y llenas del veneno que la serpiente cascabel más dedicada jamás podrá acumular en una vida entregada a la ponzoña. Nunca quise pertenecer a ese clan —y, por supuesto, no habría sido admitida, con este pelo negro y estos rizos que parecen gritar a todo momento que soy descendiente directa de Abraham—, pero, por más que me cueste admitirlo, la rabia que me daba saberme excluida de este selecto grupo de frutas insípidas pesaba más que el desprecio que sentía por ellas.

Además, fíjese que lo innatural de haber asistido a una misma escuela durante la infancia y la adolescencia es que si una discutía con alguien en segundo grado por cualquier bobería —pongamos que por un pedazo de plastilina en el pelo, un chiste simplón de *Saturday Night Live*, una tarea compartida que se quedó a medias, un jaque mate inesperado—, esta pequeña divergencia tomaba proporciones casi bíblicas y se convertía en una enemistad que polarizaba a quienes rodeaban a las dos partes y, en dependencia de la popularidad de las enemigas terminaba incluyendo a la matrícula entera de la escuela. Y con esos bueyes tuve que arar desde los cinco años, hasta que salí huyendo de ese antro de la ñoñería ilustrada poco antes de cumplir los dieciocho, a otro antro igual de ilustrado, pero menos ñoño, o ñoño en otro sentido. Vale, admito que lo de que no hubo altibajos en mi infancia no fue del todo acertado. Pero esto es nada si se compara con haber vivido una o varias escuelas al campo, o haber experimentado el éxodo del Mariel (desde cualquiera de los dos bandos que se partirían para siempre). Bueno, señor, bien, teniente, estas cosas las sé porque ya le he dicho que me he pasado la vida estudiando su literatura, sobre todo la del exilio —la que no es posible leer acá— y estos temas aparecen con frecuencia en sus autores allende los mares.

Claro que tengo memorias agradables del lugar, que nada en este mundo es de un solo color, ni aquellos ojos negros de mirada insidiosa. La más grata de las imágenes se remonta a 1978. Me había presentado una tarde de inicios de otoño al gimnasio de la escuela, que el instructor de teatro estaba haciendo audiciones para una obra menor de Shakespeare, no, lo de obra menor lo dijo él que recién estrenaba una pieza en off-off-Broadway titulada *La redundancia*, cuando de repente se aparece la directora de reparto de, adivine; no, qué va a adivinar si esto es inaudito. Pues sí. ¡Lo adivinó! De Woody Allen. Estaban buscando extras para la filmación de *Manhattan*. Y yo ni corta ni perezosa, con mis ocho añitos y mis motonetas a ambos lados de la cabeza levanté la mano. Creo que les gustó el hecho de que daba la talla, en el sentido literal. Casi todos los candidatos a extra eran de escuela media y superior, y yo era el único renacuajo que andaba por ahí, y creo que para demostrar el diapasón de edades que convergía en ese centro me dieron el papel. Esto de que me dieron el papel suena muy rimbombante, y luego usted va y pone la película y si pestañea se queda sin verme. Aparezco en el minuto 59. Es la escena donde Woody Allen va a buscar a Mariel Hemingway a la escuela —sí, ¡a mi escuela!, si hasta aparece el nombre, The Dalton School, en esa escena de la película— y salgo caminando detrás de una muchacha que se apoya en un bastón (se había torcido el tobillo el día antes y creo que le dieron el papel por la dichosa muleta, ya ve que todo lo que sucede conviene). ¡Esa inocente criatura que casi no levanta una cuarta del suelo soy yo! Alcancé mi cénit cinematográfico en cuarto grado. Qué suerte la mía, eh. Hay gente que nunca se empata con la bola. Vaya, interrumpa la entrevista, por el amor de los santos inocentes, el *interrogatorio*, y mírese la película. Verdad que he cambiado un poco desde 1978 hasta la fecha, pero si es buen observador, reconocerá este pelo crespo, estos ojos que ya lo han visto todo y verá en esa carita ingenua este rostro adulto mío y dejará de acusarme de ser quién no soy y de, oh ridiculez entre ridiculeces, haberme robado una pistola Makarov, perdóneme, es que me tengo que reír, y haber participado en el secuestro de una lancha rápida para irme de este país del cual, le confieso sin tapujos, tengo unas ganas enormes de desaparecer y al que nada me hará regresar —no importan las invitaciones oficiales ni las alfombras rojas ni las comisiones de bienvenida que me supliquen a coro su perdón—, y que si usted tiene una pizca de imaginación —y ha de tenerla si consideramos el crimen que me imputa— y aguza el oído podrá escuchar cómo me canta cual desgarrado y melancólico bolerista: «Vete de mí, no te detengas a mirar las ramas muertas del rosal que se marchitan sin dar flor, mira el paisaje del amor, que es la razón para soñar y amar». Y yo, que ya he luchado contra toda la maldad y tengo las manos tan desechas de esperar, que ni me puedo sujetar, miro y miro y miro y sólo veo este absurdo que lo llena todo, esta habitación impersonal y sin ventanas, estas paredes pintadas con lechada de mala muerte, esta luz de neón que nos consume y nos corroe, esta grabadora que registra lo alucinante de nuestro diálogo, a usted con los botones de la camisa de su uniforme sin abrochar enseñando esos repugnantes vellos quién sabe en busca de qué efecto y esta bruma blanca a donde he venido a carenar por designio de Poseidón o Neptuno que se enemistó con Ulises, o si obviamos a Homero y su paganismo, este profundo olvido de Dios que está jugando a ignorarme, este caminar en el mismo sitio, este tiempo que no transcurre, esta dulce y tonta penumbra de la que me voy a desmarcar cueste lo que cueste o me quito el nombre y dejo de llamarme por los siglos de los siglos Penélope Levinson.

[Fin de la transcripción].

Sábado, 6 de diciembre de 1986

¡Un mes sin darte noticias de mi vida! Bueno, a mí tampoco me gusta este silencio, pero ya verás que motivos no me han faltado. Resulta que, para variar, estuve una quincena sin pase —pero no te preocupes que la aproveché para explorar cada recoveco habido y por haber de esa escuela maldita— y el último fin de semana de octubre sí salí, pero no tuve tiempo de hojear y ojear tus páginas pues apenas llegué a casa, hice como un muelle y agarré la mochila —que días antes había ocultado la carne ilegal—, eché dos mudas de ropa, el cepillo de dientes, una lata de spam, otra de salchichas, media botella de aceite y una caneca de ron Caney, todo esto sin consultarlo con mi madre, y el primer rebote lo fui a dar a la lanchita de Regla para cruzar a la estación de trenes de Casablanca y en el segundo picón ya estaba, horas más tarde y con un grupo de camilitos, en Santa Cruz del Norte, y al tercero ya era la madrugada del sábado y habíamos ido a parar al campismo de Puerto Escondido, que se oculta, como su nombre indica, al fondo a la derecha, o lo que es lo mismo, en Remanga-la-tuerca, a un paso del lugar donde el diablo dio las tres voces y nadie lo oyó. Pero antes de contarte las circunstancias de mi escolástico encierro involuntario y del fin de semana a la intemperie con el mar como de telón de fondo, debo continuar apuntando aquí las aventuras y desventuras de la Previa, que con esas se puede escribir la antología del ridículo, pues son tantas que se agolpan unas con otras (y por eso no me matan). Ya te dije que a Alejandro lo botaron (con b larga) de Capdevila poco antes de que esta preparatoria infernal llegara a la mitad, por cuenta de su chistecito sobre Camilo y los anillos (¿de la serpiente?). Pero no te dije qué pasó después con él. O sí, te dije más o menos, pero te escamoteé algún detalle. Por falta de tiempo. (Y por amante del suspenso que soy). Resulta que cuando lo expulsaron, la cosa me afectó directamente, no, chico, no te pongas sentimental, ya que él era mi compañero de guardias nocturnas y en mi pelotón todos tenían pareja asignada para las tareas de vigilancia en medio de la noche. Y quién te dice a ti que en el atardecer de mi próxima guardia, Ale le dijo al indeseable de Lombardo que él no tenía inconveniente en seguir haciéndola conmigo, que total, él estaba suave y fresco y bajito de sal gracias al hecho de que no tenía que participar en la caminata —recuerda que desde que lo mandaron a freír espárragos, había pasado a formar parte de la "división motorizada", que fue el nombrecito que él le dio a la caravana y viajaba en el camión que transportaba la comida o en la ambulancia— y que, en fin, ya que en el pelotón no había nadie que lo pudiera reemplazar en estos deberes él con gusto se ofrecía a seguir acompañándome en los turnos de guardia cada cinco días, a ver si así le sacaba algún provecho a ese insomnio que le había entrado desde que le dieron la noticia de que ya no formaba parte de la nómina del centro escolar y sin embargo, y para colmo, tenía que permanecer con el batallón de décimo grado en nuestro periplo por valles y montañas hasta que llegáramos a la ansiada meta en El Cacahual y que sólo allí, después de la graduación de la Previa, frente a las familias de todos los educandos —incluida la suya— un oficial iría a explicarles a sus parientes el por qué Alejandro

Romero no figuraba entre las filas de los que recibían sus diplomas, mientras les comunicaba que este había sido expulsado deshonrosamente de la prestigiosa escuela. Y el teniente lo interrumpió en medio de la cháchara y le dijo que él no tenía inconveniente en que quisiera intentar ligarme cada cinco noches, pero que no le fuera con el cuento del insomnio y que si lo que quería era instigar alguna culpa en él y hacerlo cambiar de opinión que desistiera que ya la decisión de botarlo (con b larga) como a un trasto viejo e inservible había sido comunicada al alto mando de la escuela y que era, como el socialismo en Cuba, una cuestión irreversible. Y el Ale, que a ese sí que no hay quien lo saque del paso, le respondió que no se preocupara, que se podía meter la escuela en donde no le diera el sol y que, además, si él hubiera tenido intenciones de empatarse conmigo no se habría valido de la penumbra, en la que todos los gatos son pardos —déjame decirte que esto no le hizo ninguna gracia al teniente—, sino que me estaría dando la lata desde el amanecer, que como dice ese corito rumbero «el que suena más se la lleva» y que el que la sigue la consigue y toda esa sarta de idioteces que repiten los machos que se creen ligones, pero que su intención era en realidad tirarme un cabo en esas noches que se le antojaban infinitas y de paso matar el aburrimiento y hablar con alguien de su edad sobre la inmortalidad del cangrejo y otros cuestiones igualmente trascendentales, que el pobre se pasaba el día con el personal civil de la escuela y todos eran súper estelares, pero ninguno sabía nada del rock en español y yo, en cambio, era la única persona en millas a la redonda que había escuchado grabaciones de Charly García con o sin Serú Girán y podía citar de memoria a Jaime Sabines, a Macedonio Fernández o al irrepetible Borges, en aquel año en que los planetas se habían alineado como por arte de magia y todas las fuerzas de la naturaleza habían conspirado para desatar una imparable furia porteña entre la juventud de la capital cubana, de tal suerte que no pocos personajes de esta Habana tropical comenzaron a modificar la pronunciación de la *doble ele* y la y —para repasar el acento foráneo habían creado una frasecita inolvidable: «yo soy uruguaya, guerrillera y tortillera»— y los más osados hasta se aventuraban de vez en cuando y colaban un *vos* o un *placard* en sus poemas y así las cosas. O sea, que mejor que se dejara de suspicacias, que a él le gustaba hablar claro y el chocolate espeso. Y el teniente puso cara de no conocer la palabrita y Ale parece que se la llevó en el aire porque de inmediato pasó a darle una lista de sinónimos y así muy por arribita y como quien no quiere la cosa mencionó desconfianza, recelo, duda, resquemor y el teniente le dijo que si él no fuera su alumno ahí mismo le bajaba un trompón que le iba a enseñar a respetar a los hombres y en el acto Alejandro le recordó que según el dictamen del propio teniente ya él no era matrícula de la escuela y que las palabras venían sobrando desde hacía rato y que dónde estaba el trompón que él quería dormir caliente, y a todas estas yo medio horrorizada porque lo único que le faltaba al infeliz era liarse a piñazos con un tipo que lo superaba por lo menos en veinte libras y una docena de años y contemplando esos miedos estoy cuando veo que el teniente le tira una recta a la cara que si lo llega a enganchar no hace el cuento y, muchacho, Ale, que se tenía escondida esta carta en su camisa de mangas largas, hincó rodilla en tierra y descargó un yakosuki que salió de su mano derecha y fue a incrustarse en la boca del estómago de Lombardo e hizo que este se doblara tanto por la repentina falta de aire como por la sorpresa de que un alumno le fuera a devolver el golpe y ahí mismo se acabó la bronca porque en los próximos cinco minutos que parecieron una eternidad al oficial no había quien lo levantara del suelo y por suerte estábamos sólo nosotros tres presenciando la escena, que si no las represalias podían haber sido mayores. Cuando el teniente por fin se recuperó, le dijo que podía acompañarme en las guardias durante el resto de la Previa y que tal vez había ganado esa batalla, pero no la guerra. Ale le contestó que cuando quisiera continuar la guerra que fuera a buscarlo, que a la hora que lo llamara él no se iba a incomodar. Y el teniente a decir que el que ríe último ríe mejor. Y Alejandro que no se preocupara que el que daba primero daba doble. Y este juego de tenis que se desencadenó ante mis ojos —y cuya pelota era el dicharachero popular cubano— pudo haberse prolongado hasta el fin de aquel arrebol que había teñido el cielo de un rojo impensable de no haber sido porque yo los interrumpí diciéndoles que no comieran más mierda y que fueran hombres y no papagayos y si se iban a fajar que se fajaran y punto y si no andando que así se quitaba el frío y aquí no había pasado nada. (Y por este exabrupto creo que me quedé sin pase el primer fin de semana después de la Previa. Bueno, fue por esto o por lo de Nadiezka. Pero eso te lo cuento más tarde. Por cierto, ¿a quién se le ocurre ponerle de nombre Nadiezka a una niña en un país que el día menos pensado se manda más de treinta grados a la sombra? Imagínate una escena de la infancia de la pobre criatura: una madre grita: «¡Nadiezka!», y por la puerta se aparece una negrita con moños y sin dientes. Es que de verdad que no sé si reír o si llorar).

Pues bien, esa noche, en medio de nuestro primer turno de guardia que nos tocaba de 10 a 12, vemos una sombra que se levanta y escuchamos un ruido como del velcro de una mochila que se abre y luego el sonido metálico de una cantimplora que implora seguido de unos pasos que se alejan evitando pisar las cabezas, torsos y propiedades de quienes dormían a su alrededor y obviamente pensamos que se trataba de alguien que estaba robándole la comida a alguno de sus compañeros, pero aquellos pasos perdidos acercaban al supuesto ladrón a nuestra presencia y como nosotros estábamos allí para proteger el arsenal de fusiles de calamina y de combate y aquellas balas de salva que a nadie salvarían y no para chivatear a quien quisiera comerse lo que no le correspondía en medio de aquella hambruna perenne y generalizada y como además pensábamos que quien hubiera guardado su condumio para más tarde se merecía que se lo birlaran, nos ocultamos, hombro con hombro, fusil contra fusil, detrás de un matojo. Y entonces el flaco —un tipo que había empezado la marcha con un peso normal para su tamaño y sin embargo se estaba consumiendo por minuto— se sentó al lado de una piedra grandecita que calculándola a la ligera pesaría unas quince o veinte libras y se puso a hablar y al principio pensamos que este bárbaro estaba rezando, pero al aguzar el oído nos dimos cuenta de que no, no rezaba, le hablaba a la roca inmutable y le decía que a pesar de que este era un mundo cruel y que no constituía ni con mucho el mejor de los mundos posibles, había decidido adoptarla, porque ella era linda y noble y le caía bien y no le gustaba que languideciera ante el implacable sol que la castigaba aun en medio de los matorrales de la periferia capitalina y hasta ahí Ale y yo estábamos aguantando la risa pensando que el jodedor iba de coña y le estaba corriendo una máquina a algún socio o incluso a nosotros mismos, pero cuando dijo que la iba a alimentar y que por eso, como en días anteriores, le había guardado la comida de esa noche para dársela y hacerla que rejuveneciera y recuperara bríos y fuerza que les esperaba una nueva mañana de esperanza, o lo que es lo mismo, otro día de largo andar, ahí mismo Ale y yo nos asustamos muchísimo porque sólo a un loco se le ocurriría en medio de la escasez circundante dejar de comer para darle el alimento a un pedazo de roca caliza o sedimentaria, que a esa hora poco importaba la genealogía del objeto. Y esta era la función de la cantimplora: el tipo no se había robado la comida de nadie sino que iba a compartir la propia con una piedra cualquiera del camino. Y ahí mismo Ale me dijo que fuera a despertar a la enfermera que la cosa estaba negra con pespuntes grises y yo que entre mis cualidades no resalta la obediencia, asentí en silencio y salí andando y, claro, cuando llego a la casa de campaña de la enfermera me la encuentro en la red que le había tendido el chofer y que los tenía en un contacto cercano de tercer grado, pero que al escuchar lo insólito de la situación se tiró una bata por encima y me siguió de regreso a la posta, y ¿qué te crees tú que nos encontramos al llegar, Esporádico? Ale y el flaco tirados en el piso a un costado de la dichosa roca. Bueno, para ser precisa, los dos estaban boca arriba, Ale estaba abajo y tenía inmovilizado con una llave de judo al aprendiz de orate. Y la enfermera a decirle que lo soltara y Ale que a este tipo se le había quemado un fusible y que hasta que no le pusieran unas esposas o una camisa de fuerza no aflojaba la neutralización, que ya el flaco le había tirado la cantimplora (que le echó fresco a su oreja izquierda) y le había partido para arriba bufando como un toro que embiste al matador y que por suerte (y por falta de comida) el tipo no tenía mucha fuerza y por eso no le había sido muy difícil controlarlo y que él no le había hecho daño, sino que nada más que lo estaba aguantando para evitar que este se fuera a dar un mal golpe o le fuera a dar un mal golpe al primer inocente que se metiera con su piedra. Más tarde Ale me contó el origen del incidente: cuando vio que el flaco le empezó a echar la comida a la piedra mientras hablaba de alimentarla, no pudo resistirse más y salió de detrás del arbusto y, como nunca sabe cuándo dejar la jarana, le dijo que si quería alimentar a una piedra él conocía una que era buena gente y que tenía una figura que San Pedro se la bendiga, pero que esa con la que él quería estrechar relaciones tenía su historial y era una piedra del montón, piedra nocturna de un pedregal cualquiera, piedra de la mala vida, que se daba con el primero o la primera que le pintara una gracia y que él le aconsejaba y prefería una y mil veces que se fuera, que esa piedra no era leal a su persona, y que prefería una y mil veces que se fuera y que se sacara a la piedra de la memoria y dice que no pudo seguir con el bolero porque ahí mismo en esa boca de lobo que era la medianoche detectó un brillo en los ojos del flaco que era similar al que se ve en los perros en la oscuridad y que de pronto se supo ante un depredador del cual no quería ni la gloria y le dio un escalofrío que lo recorrió desde los calcañales hasta la coronilla y sólo atinó a apartar la cabeza para dejarle espacio libre al objeto metálico que le pasó zumbando por un costado y después alcanzó a atrancar a su atacante en ese apretado abrazo de judoca mientras llegaban refuerzos y que en lo que nos tardamos la enfermera y yo en aparecer se puso a tranquilizar al amante de la roca recalcando que en la penumbra se había equivocado de piedra, que esa piedra era de lo más decente y que de ella jamás había oído un lamento ni una queja y que lo perdonara una y mil veces por injuriarla. El loco se tranquilizó por completo cuando la enfermera le dijo que nadie se llevaría la piedra y que se la encontraría a su lado cuando despertara en la mañana siguiente y que ella le daba su palabra de honor y que podía dormir tranquilo y que ella tenía una pastillita azul que lo iba a hacer grande o pequeño o que lo iba a relajar y creo que le zumbó un meprobamato que acabó por rendirlo a los pocos minutos.

A la mañana siguiente habíamos avanzado una docena de kilómetros para la hora en que el flaco volvió en sí. Alejandro estaba a su lado. Iban en la ambulancia, junto a la enfermera y el chofer que la apretaba y a la vez la sacaba de aprietos y en el piso de aquel hospital ambulante, quién si no la sempiterna roca que sólo el tiempo destruirá. El flaco sonrió al verla y le preguntó a la enfermera si le habían dado de comer a la piedra y para no hacerte el cuento largo: el tipo había estado cargando la dichosa piedra en su mochila desde que dio con ella hacía casi una semana y media y habían compartido cada una de sus comidas y ya puedes imaginarte el resto: se pasó los próximos cuatro días que estuvo en la ambulancia repitiendo la cantaleta de que si la piedra era quien único lo entendía y que ella era su amiga y que él gustoso se quitaba la comida para dársela y a todas estas los oficiales no sabían cómo lidiar con esa locura transitoria que se estaba extendiendo y parecía no tener fin. Y esta fue la segunda baja médica de la Previa, pues la enfermera a riesgo de perder su sanidad mental recomendó que lo devolvieran a la ciudad y buscaran asistencia especializada ipso facto, que al jovencito la tuerca se le había ido de rosca.

Un día después de que lo hubieran enviado de regreso a La Habana, poco después de la hora de almuerzo, el padre del muchacho se apareció en un Chevrolet destartalado en medio de la caminata, que a esas alturas iba paralela a una carretera de mala muerte. En la escuela le habían dado nuestras coordenadas y hasta allá se había mandado el hombre para recuperar la piedra sin la cual su hijo seguía insistiendo que no podía vivir. Y que esto era asunto de vida o muerte, que el empedrado le estaba dando cabezazos a la pared y se había puesto igual que la señora Santana, y cantaba aquella rimita descorazonadora que decía que él no quería una ni quería dos, que él quería la suya que se le perdió y se pasaba el santo día dale que dale con la piedra. Así que te podrás imaginar que la tierra por poco se le abre bajo los pies cuando la enfermera le confesó que, como era obvio, la había dejado olvidada, atrás, al borde de la carretera, en algún punto del trayecto ya vencido, justo en el minuto en que su paciente fue enviado a la capital, y el pobre padre rompió en ese llanto seco y quedo que lloran los hombres que dicen no llorar y fue tal su insistencia y desconsuelo que los oficiales tuvieron que asignar una escuadra —dirigida por Alejandro, que sí, había sido expulsado, pero conocía la piedra mejor que nadie— para que lo acompañara en la búsqueda y captura del objeto del deseo. A mí (gracias a Ale) me tocó ser parte de este selecto grupo. Y déjame decirte que si buscar una aguja en un pajar es difícil, buscar una piedra en un pedregal tampoco es jamón, mi socio. Nos llevó casi toda la tarde encontrarla. Imagínate que tuvimos que volver sobre nuestros pasos como quince kilómetros y cada vez que había una piedra de tamaño o forma similar a la perdida, había que avisarle a Alejandro, que dejaba lo que estaba haciendo y venía a darle el visto bueno a la roca o a descartarla. Por suerte, la última vez que "la alimentaron" nadie se ocupó de limpiar la costra de frijoles y arroz que se había formado en su exterior. Y eso fue lo que delató a aquella roca que dormía su sueño de piedra en el contén y que ya nada pudo hacer para evadirnos. Ale estaba convencido de que esa y no otra era la confidente del flaco, así que la tiramos (es un decir) en el destartalado maletero del carro de su padre —que arrancó para La Habana como Juan que se despetronca— y nosotros sí tiramos el pestañazo de rigor que cuando el gato no está en casa los ratones duermen y al cabo de una hora más o menos nos comunicamos mediante un *walkie-talkie* con el teniente Lombardo que había seguido con el batallón de décimo grado y a esas alturas andaba casi a 40 kilómetros de nosotros. Una vez que le dimos nuestras coordenadas, el desagradable nos dijo que esperáramos ahí, que iba a enviar un camión a recogernos, así que Ale nos salvó por lo menos diez kilómetros de marcha, pues sólo tuvimos que retroceder quince —sin los perpetuos gritos de los oficiales y las infantiles escaramuzas con fusiles de calamina—, mientras el resto del batallón había avanzado al menos veinticinco. El camión se demoró un poco, por lo que llegamos a la acampada ya pasado el estricto horario de la cena y nos recibieron entre burlas y elogios a nuestra labor de cazadores de rocas. Esa noche nos dieron doble ración de comida a los picapedreros y todos los del grupito caímos rendidos mucho antes de que dieran el silencio. Ah, en la primera semana de octubre, nos llegaron los rumores a la escuela de que al flaco le habían diagnosticado no sé qué tipo de locura o bipolaridad o vete tú a saber qué, pero que la aflicción venía convoyada (con perdón) de un certificado médico del Hospital Naval que dictaminaba que el paciente necesitaba supervisión constante y no podía estar internado y, por ende, debía hacer el preuniversitario en la calle y ahí mismo

Alejandro y yo (y no sé cuántos más) nos empezamos a preguntar si acaso algunos muchachos se estaban matriculando en los camilitos para conseguir certificados médicos de instituciones castrenses que dieran cuenta de enfermedades fingidas o reales, dolencias que a la larga —o a la corta, que, si eres varón y te espera semejante destino, el preuniversitario se te va en un suspiro— los librarían de pasar el servicio militar obligatorio.

Pero, muchacho, resulta que por ponerme a contarte en un plano más general todo esto de la Previa no he tenido tiempo para ocuparme de Alejandro, que es un jodedor entrañable y de cuidado y que, si lo miras a trasluz, no es mal parecido. No, es broma, que el tipo se manda un swing. Y, además, tiene una suerte que ni mandada a hacer. Resulta que al final de la caminata, en la tan cacareada graduación de El Cacahual, con parientes y perritos y gatitos, Ada, la madre de mi socio, se acercó a la ambulancia (que era el hábitat natural de Ale) a preguntar porque él andaba todavía vestido de campaña mientras sus compañeros estaban con el uniforme de diario y aprestándose a formar para darle paso a la ceremonia, y tan buen tino tiene que fue al teniente Lombardo a quien escogió para que la sacara de la duda y el bigotudo le fue a decir que era porque lo habían expulsado y no le dio tiempo a pronunciar deshonrosamente pues ya la mujer con una ecuanimidad que te ponía la piel de gallina había empezado a soltar nombres de coroneles y generales, todos amigos de los años de lucha clandestina contra Batista, y a decirle que si le gustaban las dos estrellitas mierderas que llevaba en los hombros que se llamara al buen vivir e hiciera borrón y cuenta nueva y ya Lombardo estaba sudando frío cuando le explicó que la decisión había sido comunicada al alto mando de Capdevila y que lo lamentaba mucho por una compañera revolucionaria, pero que su palabra, su autoridad y su prestigio estaban en juego y Ada, más fresca que una mañana de otoño, le contestó que qué prefería si su palabra, su prestigio y su autoridad o su trabajo o era que acaso él se creía que ella había nacido esa misma mañana, que cómo le iba a mantener secuestrado a su hijo durante cuarenta y dos días con sus noches para sólo entonces decirle al final de la caminata que el muchacho no pertenecía a la escuela y de repente y de la nada sacó de su cartera un bocadito envuelto en papel de aluminio (¡qué nivel, tú!) y cuando Lombardo le preguntó que qué era eso y para qué se lo daba, le contestó que aquello era un sándwich cubano y el motivo era para que comiera pan con fibra y no comiera tanta mierda y que se hiciera a un lado que su hijo tenía que recibir un diploma y estaba tarde para la formación y que se podía retirar que ya desde hacía rato las palabras venían sobrando y cuando la escuché creí estar oyendo a Ale cuando le dijo más o menos lo mismo al mismo personaje en aquella tarde gloriosa del yakosuki que fue a anclarse a su boca del estómago.

El teniente no había salido de su asombro unos minutos más tarde cuando anunció a nuestro pelotón que dada la ejemplar conducta del estudiante Alejandro Romero —quien a pesar de haber sido expulsado semanas atrás había decidido continuar la caminata y cuya ayuda había sido crucial en labores de cocina y como ayudante de enfermería, que había neutralizado al loco en su rapto nocturno y días después había comandado una escuadra que se ocupó de encontrar la piedra filosofal y que, además, había sacrificado una de cada cinco noches para hacer la guardia, al igual que el resto de sus compañeros—, al margen de que las decisiones militares tienden a ser irreversibles, en esa instancia había decidido que no era justo echarlo de los camilitos porque como dijera el ministro de las Fuerzas Armadas Revolucionarias, General de Ejército Raúl Castro Ruz, la labor de un buen soldado es fugarse y la labor de su oficial es atraparlo y aunque en ese caso no se tratara de una fuga (y que nadie fuera a fugarse, que eso conllevaba expulsión automática), él sentía que su deber era enderezar al árbol que estaba un poquito torcido, pero tenía su arreglo y que por tanto le diéramos la bienvenida oficial —aunque nunca se había ido— al camilito y lo acogiéramos como uno más en nuestras filas.

Ya tú sabes que yo no soy de llorar, Esporádico. Pero esta vez no cuenta, que fue de la alegría.

[28 de febrero de 1996]

Señora; no, teniente, no le permito que me corrija en esta ocasión, señora y bien, que usted será compañero y camarada y toda esa retahíla de bolcheviquismos que acá se inventan, pero yo tengo mis modales y me tiene que permitir usarlos y yo a esta señora jamás la he visto en mi vida y ya me encuentro en la forzada situación de tener que disculparme con ella por el hecho de que ustedes han interrumpido su rutina para traerla aquí a este cuartucho sin ventilación a verificar mi identidad o a ver si me pongo nerviosa o Dios sabe a qué y déjeme decirle que eso sólo pasa en este Chile de Pinochet, ay, no, perdón, que estamos en Cuba, la isla de los veranos eternos, donde según ustedes no hay desaparecidos. Bueno, en contra de mi voluntad me han hecho desaparecer de mi vida, así que ya tiene un nombre para la lista. ¿No sabe cómo se escribe Levinson? Con v corta. Mire, señora, antes de que el compañero me interrumpiera le iba a ofrecer mis disculpas por el mal rato que la deben estar haciendo pasar. Ya quisiera poder explicarle con más detalle de qué va todo este rollo, pero benditos sean quienes puedan explicar lo que no entienden. Los compañeros aquí presentes y los que deben estar detrás de ese espejo medio opaco insisten en que yo soy una tal Penélope Díaz y no, por favor, no se ponga a llorar que aquí no se resuelve nada con lágrimas. Contrólese, por favor, no pierda la compostura, eso, respire profundo, suelte el aire por la boca, de nuevo, inhale, exhale, otra vez, muy bien, dos veces más y estará como nueva, que esto me lo enseñaron en un curso de primeros auxilios *molti anni fa*. Bien, si me lo permite, le cuento. Le decía, pero tiene que prometerme que no va a llorar, que estos caballeros me tienen confundida al parecer con esa hija suya y me dijeron que la iban a traer aquí para ver si yo podía decirle en su cara que usted no me trajo al mundo y fíjese que lo repito, que usted no me trajo al mundo, pero ya verá que seguirán insistiendo en esa fantasía pueril y detectivesca y yo tendré que repetirles hasta perder la voz o la cordura que se pueden pasar el día, la noche y la madrugada llamándole camello a un caballo, que eso no va a hacer que a la mañana siguiente el equino amanezca con una joroba en el lomo. Pero parece que aquí tienen más tiempo que sentido común y seguro que por eso la fueron a buscar a usted, no sé si para pedirle que me reconozca (¡eso sí que sería cómico!) o si para confundirme, que esto cada vez más me recuerda *Gaslight*, aquella inolvidable película de Ingrid Bergman —no me diga que no la ha visto, teniente, no me diga que no la ha visto, señora, que usted podría ser mi madre y el film es más de su época que de la mía— y el esposo de la Bergman la quiere volver loca y cambia los objetos de lugar y monta unos espejismos comparables a este soberano disparate, que se empeña en darle forma a lo informe y tengo que confesarle que, de tanta insistencia estoy empezando a pensar que de verdad estos energúmenos creen que yo soy la susodicha y que esa es la razón por la que quieren convencerme de que esa es la verdad, toda la verdad y nada más que la verdad. Válgame Dios.

[Fin de la transcripción].

Sábado, 20 de diciembre de 1986

.

Me dan unas ganas de cogerla por el cuello y apretárselo hasta que empiece a ponerse cianótica y entonces cuando crea que va a escaparse así tan facilito de este valle de lágrimas permitirle que tome un respiro, pero que no le dé tiempo a recuperarse del todo pues ahí mismo es cuando la agarro por el pelo y la voy arrastrando desde 25 y G hasta el Malecón, allá abajo, al norte de este infierno, al final de esta avenida que de los Presidentes ya no le queda ni el recuerdo, y una vez en el muro saltamos juntas y vamos a dar al dienteperro donde yo caigo de pie y ella como mejor puede y entonces le cojo la cabeza y se la hundo en una de las tantas pocetas en las que años atrás aprendí a querer y a odiar el sabor del salitre y cada vez que la muy cabrona esté a punto de exhalar el último suspiro le doy un cinco (pero no un diez) y vuelvo a la carga. Esto lo podemos hacer por espacio de una o dos horas, quítale o ponle veinte minutos. Después le llamo una ambulancia y me desaparezco del mundo, donde no me pueda hallar nadie, ni la policía, ni mi madre, ni la madre que la parió, que por desgracia es la misma. ¿De quién voy a estar hablando, chico? ¡No te das cuenta de que esto sólo puede ser amor filial! Claro que de Tatiana. La muy odiosa de lunes a viernes se come mis cinco panes —ay, ese pan nuestro de cada día que aquí tiene un significado tan literal— y cuando yo regreso de la beca con un hambre que no la brinca un saltador con pértiga y me atrevo a comerme el pan de ella se pone a armar esas cabecitas de playa y a decir que soy una desconsiderada porque me como ese pedazo de harina mal amasada que le corresponde y mírame estas costillas que dan pena y luego compáralas con esas mejillas rojizas y rebosantes que ella se gasta y dime si hay justicia en este mundo. ¡Y luego para ponerle la tapa a este barril sin fondo viene mi madre a tomar partido con la pobrecita cada vez que hay una bronca producto de los calderos! Yo te digo que hay que tenerla grande y velluda. Y te digo más, estoy tan cansada de tener que fajarme por un plato de frijoles. Si ese es el motivo por el que estoy casi en el hueso. Es que estas cochinadas de verdad que me quitan el apetito. Pero es mejor así, que comer con ese malestar no es bueno y yo estoy muy jovencita para tener que bregar con una úlcera. ¿Pero tú sabes qué es lo que más me jode? La sospecha de que si no me hubiera comido su porción de pan rancio ella habría encontrado otro motivo para seguir en nuestra dinámica de perro y gato, eternamente irreconciliables, o indisolubles como aquellos dos líquidos que hoy son parte de nuestra mitología doméstica: el aceite y el vinagre. Porque estoy convencida de que algún placer macabro encuentra en estas peleas y en hacer que la autora de nuestros tan dispares días se vea obligada a fungir de abogada del diablo (o sea, de su abogada personal) para acabar dictaminando cada caso en su favor.

No me preguntes cuándo empezó entre nosotros esta rivalidad que no habrían envidiado los más testarudos personajes de Shakespeare, porque no sé cómo contestarte. Aunque quizá la respuesta sea bien sencilla y esté contenida en una palabra pequeña que abarca un continente árido e inmenso y un dolor y una tristeza y una desazón que aun no me abandonan: África. Bueno, si nos ponemos específicos, podríamos decir Angola, 1976. A principios de ese año, a mi madre y mi difunto padre —que en paz descanse y en la gloria esté— sus respectivos centros de trabajo les asignaron —en pleno apogeo de la batalla campal entre las fuerzas de la UNITA y la MPLA— la decorosa tarea de ir a representar a nuestra revolución que le extendía su solidaridad al hermano pueblo angoleño. A ella la mandaron como maestra de artes de una escuelita urbana y, como no abundaba el presupuesto, en función paralela de agregada cultural a la embajada de nuestro país en la capital de angolana; a él, que desde niño soñó con construir casas, lo seleccionaron como jefe de obras de un contingente laboral que iba a reconstruir (pedazos de) ciudades con nombres tan lúgubres o lúdicos y alucinantes como Luanda o Luambo. ¡Para qué fue aquello, muchacho! Todo lo que te cuente es poco y se formó el acabose. Corre de un ministerio a otro para garantizar que toda la documentación relativa a las escuelas de las niñas estuviera en orden y luego a dispararse ese aluvión de vacunas que nos pusieron en un lapso de tres meses, que todavía me duele recordarlas, y después los engorrosos trámites de hacernos pasaporte (ninguno en la familia había salido antes de los confines de la isla) y ya cuando tenían armado el muñeco, cuando el barco estaba listo para levar anclas y zarpar y la tripulación en vilo estaba presta a surcar océanos y conquistarlos o a encallar o a naufragar, pero juntos y revueltos y sólo faltaba botar (con b corta) el navío al ancho océano de la incertidumbre que es el futuro, a mi madre le dio una mala espina y de buenas a primeras decidió que yo era muy chiquitica para estar exponiéndome a todos los peligros naturales y artificiales que nos aguardaban al otro lado del Atlántico y que Tatiana con sus nueve añitos recién cumplidos a lo mejor resistía aquel tren de pelea, que ya se habían aburrido de las metáforas náuticas, pero que yo todavía era un angelito y ella no tenía corazón ni estómago para hacerme eso y que prefería quedarse en Cuba y perder su trabajo y vivir del aire antes que hacerme pisar y quién sabe si tal vez terminar sepultándome en tierra africana. Recuerdo la primera discusión como si fuera hoy. Y quizá de ahí me venga esta aversión por el chocolate, mira tú, pues por aquellos días todavía no era imposible comerse un bombón o, ay, una africana, que era como le llamábamos a aquel bizcocho dulce envuelto en su capa de cacao dulzón y que tanto me gustaba, pero que desde entonces me trae a la mente esa fisura que se abrió en mi familia y que ya jamás sanaría por cuenta de una guerra ajena, de un país extraño, de una ciudad por reedificar a mil millas de distancia y de una niña que con las nalgas y los bracitos aun rojos de todas las inmunizaciones que le pusieron vía intramuscular jamás llegó a poner un pie en la escalerilla del avión que sin ella sacaría a sus seres más queridos de este ambiente caluroso y bullanguero, permeado de colas por cualquier cosa, chismes por cualquier cosa, sospechas por cualquier cosa y sus millones de tiñosas (literales y figuradas) y la alejaría de este edificio infinito con su cajón de aire que revelaba más secretos que los que encontraría Alicia al otro lado del espejo, todo esto para llevárselos a un universo de adultos descalzos, niños con los ombligos botados, muertos en la calle, hambre más palpable que la nuestra (sí, es posible), animales salvajes, hienas que se desternillaban de la risa mientras devoraban sus presas, monos servidos en bandeja de metal barato, moscas de todos los tamaños, colores y sabores y en donde no faltaban las explosiones provocadas por uno y otro bando y los tiroteos que se desataban en una cuarta de tierra y cuyas balas perdidas causaban tantas o más víctimas que los disparos intencionales e intencionados.

Hasta ese momento, Tatiana y yo no éramos las mejores amigas, lo reconozco, pero siempre nos defendíamos la una a la otra tanto en el patio de recreo de la escuela ante los ataques de las pandillitas que florecen en esta tierra desde que el archipiélago se hizo isla y la isla, estercolero, como de las acusaciones de nuestros padres por no haber sacado la basura o por dejar la mesa sin recoger o algún reguero en los cuartos (el cuarto, que es uno solo dividido por esta ridícula mampara) o por posponer las tareas escolares pendientes o cualquier otra nimiedad con la que los mayores garantizan que los hijos sepamos que ellos son la autoridad, amén. Pero luego de esos dos años de no vernos el pelo —Tatiana y mis padres en ese rincón de la Conchinchina que llamamos Angola, yo en este rincón de la Conchinchina que llamamos La Habana—, cuando por fin regresaron de la pesadilla continental, de aquel suplicio que jamás me explicaron a cabalidad y mi padre descendió la escalerilla del TU 154 apoyándose en un bastón de madera que lo hacía lucir ya como el muerto en vida que era (que tenía más de aquello que de esto) y que pronto pasaría a completar el ciclo convirtiéndose simplemente en un muerto a secas, con aquella enfermedad tropical que contrajo Dios sabe dónde y cómo que me privó de su compañía para siempre y lo tuvo en cuarentena varios meses y que luego de que le dieran el alta pasó por una fase espectral antes de morir como el resto de los mortales; no sé, creo que desde entonces ya nada fue igual entre Tatiana y yo. Y ahora que lo pienso más detenidamente y lo escribo (cosa que no se me ocurrió de niña), ya nada fue igual entre mi madre y yo. O entre mi madre y Tatiana. O entre este triángulo mefistofélico que para bien o mal (vale, para mal) nos conforma.

En esos veinticuatro meses que se prolongaron con mala entraña, las cartas me llegaban por valija diplomática. No había regularidad en los envíos y, por tanto, tampoco había manera de predecir cuándo arribaría la próxima o si de hecho recibiría un sobre con unas letras de mis padres y un dibujito cheo de mi hermana o, en su lugar, algún compañero del ministerio de cultura o del la construcción o del de relaciones exteriores o algún otro oscuro ministerio de los que aquí abundan se aparecería en la puerta de casa, con la misma cara circunspecta que traen los vendedores ambulantes de carne, pero recién afeitado, con esos espejuelos oscuros que lo ocultan y lo dicen todo, ese bigote tan fuera de lugar en este tópico trópico, un bolígrafo en el bolsillo superior izquierdo de su guayabera y la noticia de que en breve mi familia regresaría a la isla, y que si se miraba bien ese era el lado positivo, la cara de aquella moneda que en el reverso tenía una cruz, y por eso no había que ponerse a celebrar de inmediato debido a un crucial inconveniente: madre, padre y hermana harían su último vuelo a la isla encerrados en el confort de unos cálidos ataúdes envueltos en nuestra gloriosa enseña nacional, pero que no me preocupara que no había motivo para hacer pucheros pues la patria se ocuparía de mí, que desde ese momento pasaba a ser hija y hermana de mártires caídos en nuestras misiones internacionalistas y a qué esa carita triste de huerfanita desconsolada si mi verdadero padre era Fidel y mi verdadera madre era la Revolución y mis verdaderos hermanos eran todos los cubanos que soñaban con un mundo socialista, justo y solidario y ahí mismo me despertaba gritando a moco tendido y mi abuela pegaba un clavado en el quinto sueño que protagonizaba desde el cuarto contiguo y venía a estrellarse en la realidad de su nietecita aterrada y llegaba a calmarme y a decir que otra vez la pesadilla y que no llore más la niña buena que aquí está su abuelita que no va a dejar que nada malo le pase y me pasaba la mano por el pelo y me cargaba y me hacía las trenzas mientras me arrullaba y se ponía a preguntarme si quería que me hiciera el cuento de la buena pipa y yo que no y ella que no me había dicho que no sino que me había preguntado si quería que me hiciera el cuento de la buena pipa y yo, abuela, no seas pesada y ella que era muy ligerita y que si quería que me hiciera el cuento y yo está bien y ella que no y así se me pasaba el llantén, pero no la tristeza y no había otra forma de aplacar mi desconsuelo que con aquel batido de mamey que me preparaba en medio de la noche y que me devolvería a la cama a soñar mis dulces sueños y a seguir esperando el amanecer —amanecer, dinos al menos qué va a suceder, para seguir esperando el día con la alegría de volverte a ver— o a soñar con el regreso de la madre pródiga, el padre silente y hasta la sangrona de mi hermana (que por aquellos días aún no tenían esos calificativos) que sólo de verme me preguntarían si quería que me hicieran el cuento de la buena pipa, a lo que yo, obviamente, les respondería que sí.

No sé qué pensarás tú del asunto e ignoro si esto les sucedió a mis amiguitas y enemiguitas cuando tenían esa edad, pero desde aquella separación familiar que ya jamás permitiría que volviéramos a unirnos me dio por soñar con la muerte, y fíjate que no hablo de esa muerte genérica que es huesuda y tiene una capa negra y una voz de ultratumba y en *The Seventh Seal* de Ingmar Bergman juega al ajedrez con cierto caballero andante o que blande una hoz, un azadón, un martillo o una guadaña, sino de un sinfín de variaciones de muertes propias y ajenas. Las muertes ajenas eran, invariablemente, las de mis padres y la odiosa de Tati, quienes sucumbían envueltos en llamas en alguna selva o eran acribillados a balas en este o aquel polvoriento pulguero o mordidos los tres por la misma serpiente a la vera de algún árido camino o aparecían macheteados en un tugurio, nunca peor dicho, de mala muerte. Estas pesadillas eran las que sin excepción terminaban poniéndome en las manos aquel vaso de leche con sabor a mamey en medio de la noche, mientras mi desvelada abuela cultivaba unas ojeras que para qué hacerles caso si de todos modos tardarían meses en desaparecer. Mi muerte, sin embargo, era más o menos uniforme: soñaba que me ahogaba (ay, otra rimita), lo mismo en un vaso de agua que en un océano gigantesco; en fin, que me daba lo mismo desde un inmenso lago en cuyas aguas claras vería mi reflejo hasta un opaco pozo ciego. Y lo más curioso de esta muerte es que no le quitaba el sueño a nadie: jamás hizo que me despertara y por ende que mi pobre abuelita saltara de su sueño, de su cama, a rescatarme a la mía. Sucede que al ahogarme, iba a parar al fondo o flotaba a la superficie —en dependencia del clima y mi estado de ánimo de la noche anterior— y entonces parecía como si el propio sueño cobrara vida y decidiera cambiar de narrador por aquello de que la muerta al hoyo y el vivo ya sabemos a dónde, así que continuaba su curso ya fuera siguiendo el vuelo de un pájaro, galopando tras el relincho de un caballo o perdido en las informes formas de una nube y así me sorprendía la mañana con la textura de los labios de mi abuela en la frente y que en esa extrañeza que me embargaba en el entresueño me era difícil reconocer quién era yo y quién ella y si vivía o si aquel beso y la señora que me lo daba eran parte de una dimensión hasta entonces desconocida. No recuerdo las palabras de la sicóloga (no olvides que esta consulta fue hace once años) cuando mi alarmada tía Marta a insistencia de mi abuela que se había disparado una tanda de una semana de gritos en medio de la madrugada —por las muertes oníricas de los patriotas cubano-angoleños— decidió llevarme al loquero para que me evaluara. Creo que la experta dijo que cuando eres una niña la muerte no debe figurar en tu imaginario, vamos, que la Parca debía ser como un objeto volador no identificado que sobrevolaba fuera del alcance de mi radar y que con tantas cosas bonitas en el mundo, que por qué mejor no leía un cuentecito de hadas antes de irme a dormir, que no tenía por qué estar pensando en temas tan tétricos y yo, que desconocía la palabrita, esa tarde llegué a la casa y saqué mi primera cita con el mataburros, que en mi caso y en mi casa era una edición del *Pequeño Larousse Ilustrado* que incluía las banderas de todos los países del mundo —allí estaban las de Cuba y Angola, ¡tan cerca la una de la otra que casi se podían tocar!— en el interior de la portada y la contraportada y que desde entonces se convirtió, junto al tablero de ajedrez y el lápiz y el papel, en mi compañero de gesta. Cuando fuimos a la segunda consulta, hice lo que cualquier niña de seis años con el cociente intelectual de una de doce (no me estoy luciendo, que esto es según palabras y evaluación profesional de la doctora): dije que antes de irme a dormir hablaba con Pototo, mi fiel osito de peluche y que desde entonces él velaba por mí y ya no tenía esas pesadillas capaces de quitarle el sueño a cualquiera y cuando me preguntó si me comía las uñas puse una cara de asco que repugnaba, que con lo mona que yo soy para comer a quién se le ocurriría que iba a estar tragándome los pellejitos de los dedos, que si acaso ella pensaba que en el refrigerador de casa las moscas se morían de hambre, y qué ocurrente la niña y por alguna casualidad mojas las sábanas y yo incrédula porque para qué iba a mojar las sábanas, con lo rico que es dormir calentita, y que además con qué iba a mojar las sábanas y la doctora a explicarme que había querido decir que si me hacía pipí por las noches y yo a decirle que claro, antes de acostarme y ella que si mientras dormía se me iba un chorrito chiquitico y yo que qué cosas se le ocurrían, doctora, que era ella quien estaba loca y ella que a mí no me habían llevado ahí para ver si estaba loca, que yo era una niña muy inteligente y que regresara a dos consultas más a seguir mi progreso y que si no había otro particular que podíamos retirarnos y hasta la próxima semana y mi tía Marta encantada me llevó a casa, sanita y salva, sin saber que esa noche tuve la misma pesadilla, pero en lugar de despertar gritando, lo hice en silencio ha tenido que ser porque hay cosas que para lograrlas, tú sabes, han de andar ocultas.

Las pesadillas sí desaparecieron, pero sólo cuando desapareció el motivo que le echaba la leña a su fuego: la tarde que regresamos a casa del aeropuerto internacional Pepe Grillo los cuatro, aquellos tres perfectos desconocidos que eran mis padres y mi hermana que volvían de distantes riberas y yo; a pesar de la mala impresión que me causó comprobar lo desmejorado que lucía mi viejo (a quién dadas las evidencias ya se le podía llamar así, viejo), no me quedé hablándoles hasta las mil y quinientas, preguntándoles si Angola esto o lo otro, sino que me acurruqué en mi cama y dormí como lo haría un lirón que se hubiera acabado de tomar un somnífero. Y hasta el sol de hoy, las pesadillas no han regresado, que como dicen los estudiantes de veterinaria: muerto el perro se acabó la rabia.

Ay, hablando de rabia, ¡acabo de recuperar el hilo de lo que estaba escribiendo! Que estoy rabiando porque la comemierda de Tatiana se puso a echar pestes por la puta lata de spam, la cabrona lata de salchichas, la estúpida media botella de aceite y la miserable caneca de ron Caney que me llevé sin haberlo consultado con mi madre para la guerrilla hace ya quién se acuerda —bueno, hace un par de fines de semana, que a la Tati no se le va una— y armó el brete que tú conoces y que si el hecho de vivir fuera de casa es un salvoconducto para el día menos pensado dejar la despensa en blanco y trocadero y sin avisar, y mi madre que es una marioneta de último modelo a hacerle caso y yo a decirles que a veces prefiero quedarme los fines de semana sin pase, que en Capdevila no tengo a mi familia, pero tampoco tengo que discutir con nadie por una dichosa salchicha y que ya se me había quitado el apetito y que se comieran mi comida que es mejor hambre con honor que sentarme a la mesa con ellas y que les aprovechara y que ojalá les diera una embolia y mi madre que no entiende de justicia poética y ya no sabe qué hacer para reafirmar su autoridad me dio una bofetada que me partió el labio inferior y cuyo efecto colateral fue que hizo que me quedara la noche sin poder pegar un ojo, pensando en aquel par de años, ay, tan lejanos, en que me desvelaba por ellas. Ya sé que no me vas a perdonar que no te haya terminado los cuentos de la Previa y lo que ha pasado en los tres primeros meses de escuela, pero como diría mi maestra de primer grado: lo primario es lo primario. Son casi las cuatro de la mañana, Esporádico. Y acabo de pegar el primer bostezo, así que, cito al Noticiero Nacional de la Televisión Cubana y te digo, querido: hasta aquí las noticias.

[28 de febrero de 1996]

Por supuesto que no tengo ningún reparo en contar mi historia delante de la señora, teniente, que yo jamás he sufrido de miedo escénico, pero si se me permiten condiciones me veré obligada a poner una: la susodicha no puede seguir con ese llantén, que frente a una distracción que suspira y gime es imposible hilvanar una frase coherente y me temo que si volvemos a repetir la escena de hace una hora cuando la mujer rompió a llorar a la sola mención del nombre de su hija entonces sí que me darán aquí las calendas griegas y usted a lo mejor no tiene otra cosa en qué entretenerse, pero ese le garantizo que no es mi caso, que aunque acá me hayan obligado a poner mi vida en pausa para responder a no sé qué designios, no hago más que pensar en el dichoso momento en que apretaré el botón de *Play* que hará posible que continúe mi trama y me vaya con mi música a otra parte. Hablando de otra parte y antes de que se aparezca esa señora por la puerta: ¿cuándo me van a dejar llamar a Richard? Sí, mi novio. El que venía conmigo en el avión, el mismo que se despidió de mí con un pánico que lo hizo verse más blanco que el arroz o que una nube recién formada y fíjese que en él, que es descendiente de familia irlandesa, hacerlo lucir más pálido de lo que ya es, es bien difícil, que sus parientes tienen una tez que la envidiaría el más níveo de los algodones. Es sólo para decirle que estoy bien, muriéndome de aburrimiento ante el interrogatorio más surrealista del mundo, que, con algo de suerte, no tardará mucho más porque ya me voy quedando sin cosas que contarles de mi vida y en algún momento (próximo, Dios quiera) se tendrán que dar cuenta de que han cometido un error que es tan craso como irrepetible. No, yo sé lo que estoy haciendo, prefiero llamarlo a él; usted ya me ha provocado bastante malestar a mí, reteniéndome en este país por cuánto, dos, tres, cuatro días, y eso yo lo puedo tolerar con este estoicismo que me viene de Séneca, pero a usted no le asiste el derecho de importunar a mi melodramática madre, que sin necesidades de secuestros de aviones se pasa la vida tomándose las cosas a la tremenda y no hay que olvidar que ya Cuba le dio una hija y más de un dolor de cabeza y que ella no quiere ver este país ni en calcomanías, así que sería más conveniente que ni se entere de esa conspiración de la ridiculez universal que se ha personificado en este cuartucho de La Habana, o que si se entera que sea a través de Richard, que es flemático quizá gracias a haber estudiado en Inglaterra y sabrá dorar la píldora y marear la perdiz y darle las tres vueltas a la ceiba y decirle que esto se debe a una penosa confusión burocrática (cosa que no deja de ser cierta), que si no ella que es de armas tomar es capaz de aparecérsele a Clinton en el 1600 de la Avenida Pennsylvania a demandar que le rescate a la hija y esa no para hasta que nuestro presidente le enfile los cañones a cada objetivo militar de esta isla que entonces sí que va a hundirse en el mar y ahí es que se formará el dale al que no te dio y el déjame ver, Carlota, que no te lo enseño, Juana. Y ya estoy muy crecidita yo para convertirme en la manzana de la discordia, entre un país que no tiene manzanas y un país que sí tiene discordia. Si quieren buscarse rollos con Estados

Unidos, ya bastante tendrán con no extraditar al secuestrador de mi avión. No, teniente, no sé nada de nada, qué voy a saber yo si ustedes me han tenido más incomunicada que a una crisálida, pero imagino que con la bienvenida de alfombra roja que le dieron a ese compañero en el aeropuerto no vayan ahora a deportarlo. Aunque quién sabe: Roma paga a los traidores, pero Roma desprecia a los traidores.

Gracias por el teléfono, teniente. No se preocupe. Haré la llamada a cobro revertido.

[Nota de la taquígrafa: no domino la lengua del enemigo. El recado que deja la ciudadana Penélope Levinson en la contestadora de su novio debe ser transcrito por la oficial Maritza Burgos, quien se ha desempeñado como traductora en otras ocasiones].

Clic.

Por supuesto que hablo el inglés sin acento, teniente. Es lo menos que se podía esperar de mi idioma natal, ¿no cree? No, la palabrita que no había escuchado hasta ahora proviene del yiddish, la lengua de mis abuelos maternos y de la que a fuerza de costumbre me he aprendido algún que otro vocablo y varias frases regadas y ese término que escuchó en el mensaje que acabo de dejar viene siendo el equivalente de lo que acá llamarían sin mucho miramiento una cagástrofe. Pero por Dios no me haga contarle la odisea de mis ancestros y de cómo llegaron a América; bueno, lamento que no le guste, pero para nosotros Estados Unidos *es* América y lo que está al sur es otra cosa, América del Sur, por ejemplo. ¿Qué no se explica cómo hablo el español tan cubanamente? Antes de responder esa pregunta: ¿usted ya se dio cuenta de que si en realidad tuviera algo que ocultar habría optado por hablarles en mi lengua natal? Ah, pero qué va, es que no puedo dejar pasar una oportunidad tan buena para darme este gustazo de bailar en casa del trompo. Ah, sí, claro, que pase sin ningún problema. Con gusto le respondo delante de ella. Buenas tardes, perdón, no sabía la hora, buenas noches, señora. A ver si esta vez podemos desmentir aquello de que segundas partes nunca fueron buenas; póngase cómoda, no, no se preocupe, la disculpo y entiendo que es lógico que el nombre la haya sobrecogido, yo sé que usted es aquí tan víctima de lo ridículo de las circunstancias como lo soy yo, pero por favor le ruego que no siga llorando que se le va a acabar el maquillaje y a mí la esperanza y a estos caballeros la paciencia y entonces sí que le caerá comején al piano, así que antes de seguir repita conmigo que no hay que llorar que la vida es un carnaval y las penas se van cantando, oh, oh, oh, oh. Una sonrisita. Perfecto. ¿Cuál me dijo que era su nombre? Ah, no me dijo. No en balde. Pues a qué espera. ¿María del Carmen, pero le dicen Camelia? Como las damas. Ay, qué entretenido. Ya éste es un buen comienzo. Vamos bien, Camelia.

Bueno, estimado interrogador, el español lo hablo tan cubanamente por el hecho de que, como usted ya sabe, mi madre es doctora en esta lengua y me la inculcó desde que abrí los ojos. Tenga la bondad de entender que lo mío con el castellano es un acto de venganza doble: en primer lugar, de ella contra mi padre biológico —ese machetero que jamás conocí y que, como ocurre en las telenovelas mexicanas, va y a lo mejor es hasta padre suyo y resulta que usted está interrogando a su hermana y mire cómo Camelia ya se está riendo, qué bueno que recuperó el humor—, pues ella quería que yo, la proverbial hija de la conquistada, dominara la lengua del conquistador a cabalidad; en segundo lugar: una venganza mía contra mi madre, que me privó de conocer a este caballero, pero que además se ha pasado la vida jactándose de sus dotes lingüísticas y yo, sólo por joderla, un día, en plena infancia, decidí que lo iba a hablar mejor, con más conocimiento de causa, sin ese dejo gringo que a veces se le escapa cuando pronuncia palabras que terminan en *er* y que por eso siempre que quiero fastidiarla le digo, con el peor acento anglo posible: «mujer, vas a perder el poder», y ella tiene que entornar los ojos y reírse porque sabe que mis habilidades y mi fonética en este idioma (y mi modestia, todo sea dicho) ya están fuera de su alcance. Por otra parte: el castellano fue mi alternativa a no tener que aprender hebreo, esa lengua tan bella como gutural que a mí no me dice ni pío, pero además, junto al ajedrez, se convirtió en mi salvoconducto a varias becas y premios a lo largo de mi vida escolar, desde la primaria hasta la universidad, rodeada como estaba siempre de francófonos y franquicias, de itálicas e italianizantes, de latinos y latinismos, y en el centro del meollo, ante aquella enorme Torre de Babel que quería engullirme, yo, solita, con esta lengua que todavía no se había puesto de moda y que me hacía tan excepcional como a esta isla que se cree que es el ombligo del mundo.

Fíjese a qué punto llegan los extremismos de mi madre que yo no sé a estas alturas qué es hablar con ella en la lengua de Eliot, pues desde que tengo uso de razón me ha hablado en todo momento en español, con esa mezcla de acento madrileño pasado por las tumultuosas aguas del Caribe de sus años de idealista empedernida. O sea que las dos lenguas las aprendí a la vez. No, qué va, ya le dije que mi padre, sí, el de Wall Street, ese habla en números. Y en el inglés de la Reina. Resulta que cuando cumplí los nueve años —por cuenta de que mi madre, que excepto durante su periodo de desbarajuste cubano, siempre fue la abelardita de su aula cuando no de su escuela—, ya tenía una agenda más cargada que la de muchos universitarios, con clases de piano los lunes, miércoles y viernes, artes marciales los fines de semana (me quisieron inscribir en ballet, pero me rebelé) y para ponerle la tapa al pomo mi madre quería que empezara a tomar clases de hebreo para que me familiarizara y diera comienzo a mi preparación para el Bat Mitzvah, que es el equivalente judío a la fiesta de quinceañera, sólo que tiene connotaciones religiosas y ocurre al cumplir los trece años. Y ahí me planté en mis trece (¡ja!) y armé la consabida perreta y le dije a mi madre que no, que de ninguna manera iba a aprender una lengua que me impartirían como una cosa muerta, pues yo que hablo hasta por los codos, jamás la iba a usar para conversar con ninguno de los tutores o rabinos a cargo de mi instrucción, sino que estos sólo me enseñarían el dogma (ahora mismo no sé si dije esa palabra, *dogma*, mi memoria prepara su sorpresa), o sea, a leer fragmentos de la *Torat Emet* —o *Pentateuco* o *Cinco libros de Moisés* o la *Biblia Judía* o el *Viejo Testamento*, que le dicen los gentiles—, cuando bien podría estar perfeccionando mi español, que era lo que ya a esas alturas quería estudiar. Y entonces fue cuando mi madre me sentó delante del jardín de los senderos que se bifurcan y me dijo que a un lado de la encrucijada estaba la posibilidad de aprender hebreo, no vernáculo, para que pudiera pasear la distancia durante mi iniciación que tendría lugar casi cuatro años después, pero que la otra opción era muy simple y consistía en no volver a molestarme con la sagrada lengua de la tribu escogida y que si de verdad quería dedicarme al español no iba a escatimar recursos en convertirme en una digna heredera del Manco de Lepanto y yo que desconocía este mote de Cervantes le pregunté que quién era ese señor y ella me respondió que ya tendría tiempo de enamorarme de él (y a todas estas, yo, azorada ante la imagen de mis amoríos con un tipo al que le faltaba una mano), pero que debería poner el pie a uno de los dos lados del puente y que me lo pensara muy bien antes de hacerlo, que esa sería la primera decisión de peso en mi vida y que sería irrevocable y por eso me daba hasta la mañana entrante para poner el huevo, recordando en todo momento que si optaba por el español, se lavaría las manos como Poncio Pilatos y no me celebraría el Bat Mitzvah y no sé si esto lo hizo en plan amenaza o como acicate, pero para mí —que no me hacía mucha gracia la idea de esperar casi un lustro para el posible papelazo que conllevaba subirme al púlpito a leer ante familia y amigos flashazos de un texto en hebreo que ninguno comprendería y que marcaría mi paso a la adultez, como estableciera aquella frase ancestral que regiría el evento: «hoy eres una mujer», y a la que los chistosos le añadirían: «mañana regresas al séptimo grado»—, la disyuntiva fue como si me hubieran dado a escoger entre recibir una inyección en la nalga o ser feliz sin efectos secundarios y le dije que no había necesidad de esperar ni un minuto más, que ahí mismo le comunicaba que el que fue a Sevilla perdió la silla y que el español y yo desde ese momento seríamos uno.

Y mi madre, que sabe ser literal, al cabo de una semana se apareció en casa con Graciela Bejarano, una refugiada cubana, quien era, para mi suerte, maestra de la sufrida lengua y había llegado hacía poco menos de un mes a Nueva York. Sí, teniente, refugiada, porque era la esposa de un preso político, claro que un preso político cubano, que había recién cumplido década y media en una celda más o menos como esta, pero no tan espaciosa ni tan agradable, en la prisión de La Cabaña y que Castro, bueno, perdone, Fidel, le había dado la libertad en una amnistía que hubo ese año. Un poco mayor que mi madre, a finales de la década de los cincuenta, Graciela había cursado estudios de literatura inglesa en Boston College y al recibir su diploma, en lugar de instalarse y hacer nueva vida en Nueva Inglaterra, regresó a la isla para pasarse a la lucha contra Batista. Mire que cuando hablo de lucha tiene que entender que lo de esta mujer no tiene que ver nada con los tiroteos de indios y vaqueros que se traían en la Sierra Maestra: ella jamás se alzó a las montañas con el resto de los que se quemaban en la clandestinidad, sino que se quedó en la capital, transmitiendo mensajes, haciendo atentados, lanzando petardos, poniendo bombas en lugares públicos y jugándose la vida hasta que uno de su célula se destapó de soprano y se puso a cantar mientras le sacaban las uñas y en el trino soltó su nombre. Y se puede imaginar el resto. La atraparon. La torturaron. No habló. La siguieron torturando. Y la mujer, ay, siguió cumpliendo su voto de silencio y en esas estaba cuando entraron los barbudos en La Habana. Y uno de los barbudos, que estrenaba sus charreteras de capitán ganadas en combate en la invasión de oriente a occidente, se apareció en su celda a darle la libertad y de veras que no podemos hablar de amor a primera vista porque la pobre tenía los pómulos tan inflamados que casi no podía abrir los ojos, pero sí fue amor a primer olfato, porque percibió ese olor acre que traían los rebeldes envueltos en aquellos uniformes que transpiraban su esencia guerrera, tan distinta a los aromas de colonias y cremas de después de afeitar que usaban sus torturadores y también fue amor a primer sonido porque escuchó su voz ahumada que le decía que la revolución había triunfado y que ya nadie volvería a torturarla jamás y que la injusticia había huido de Cuba y claro que a Graciela aquello le supo a declaración de amor y le preguntó el nombre al capitán y le dijo que cuando se repusiera lo iba a ir a buscar para invitarlo a comer y darle las gracias por rescatarla de aquel suplicio. Y vea usted que cumplió su palabra, porque al mes se le apareció en la prisión de La Cabaña, en la que por aquellos días el capitán estaba al otro lado de la reja, y lo llevó a su casa y se lo presentó a sus padres, y les dijo a este camarada debo mi vida, y ellos en el acto decidieron perdonarle que fuera mulato, y a las dos semanas estaban de novios y quien le dice a usted que se casaron en 1962 y habrían sido felices como en los cuentos de hadas de no haber sido porque dos años más tarde Eduardo, el ex capitán rebelde, se puso a cuestionar los fusilamientos y las torturas que se llevaban a cabo —teniente, no me diga que se está enterando por mí, que le debería dar vergüenza que una extranjera sepa de su país más que usted— ahí mismo, frente a sus narices, en la otrora fortaleza de La Cabaña y sus quejas no tardaron mucho en llegar a sus superiores, que lo acusaron de sedición y lo sentenciaron en un juicio que duró una hora y treinta y siete minutos a veinte años de prisión, de los cuales le habían perdonado los últimos cuatro durante la amnistía que terminó sacándolo de la isla en 1979. Pues mi nueva maestra de español venía con muy buenas referencias: se la había recomendado a mi madre Laura Neville, una compañera de trabajo que había compartido aula con Graciela en su época de estudiante en Boston College y que a lo largo de los años se mantuvo de *pen pal* con su amiga cubana y la estaba alojando provisionalmente a ella y a su esposo, en su casa, mientras encontraran trabajo y residencia.

Eduardo la dejó viuda a principios de 1980. Amaneció muerto. La autopsia indicó que el corazón se le había detenido en medio de la noche. Esto me causó una tristeza tremenda y me impresionó muchísimo pues por aquellos días había terminado de leer un libro de cuentos folclóricos rusos que Graciela había traído de Cuba y me había prestado, no, hombre, qué cosas se le ocurren, el libro estaba en español e incluía una anécdota que narraba un experimento que había hecho un grupo de científicos con un conejo criado en cautividad, que al cabo de un año de pasar sus días y sus noches en una jaula lo llevaban al medio de un campo primaveral y le abrían la reja y el animalito no sabía qué hacer y miraba al mundo exterior con una curiosidad que era más miedo que emoción y al cabo de un tiempo incalculable se aventuraba a sacar la cabeza y luego la mitad del cuerpo y luego daba el salto mortal al vacío que era aquella libertad abrumadora y ya su euforia era incontenible pues pegaba dos y tres brincos más en el lugar y luego echaba a correr y al cabo de los diez metros caía fulminado por un paro cardiaco en medio de la pradera y eso mismo le había pasado al pobre Humberto, conejillo de indias de un experimento tan macabro como el ruso. Y perdóneme que me ponga sentimental, pero Graciela —quien desde entonces se mudó con nosotros y estuvo bajo nuestro techo hasta 1985, cuando aceptó una plaza para impartir literatura en la Florida International University— pasó a ser *tía Graciela*. Y por eso me pongo sentimental cada vez que recuerdo que la muy desdichada ya había sufrido más que un catre viejo y cuando le tocaba rehacer su vida, después de tejer la desilusión cada noche que su esposo pasó tras el muro de concreto de La Cabaña, al marido se le apagó el motor. Con esos recuerdos, dígame usted quién no llora, teniente. Y, bueno, ahí tiene, gracias por el pañuelo, pero no era necesario, el por qué de mi acento cubano y de que yo sepa por dónde le entra el agua al coco, que no sé usted, pero yo estoy escuchando historias de Cuba desde que el mundo es mundo.

[Fin de la transcripción].

Domingo, 4 de enero de 1987

¿Quieres que te haga el cuento de la buena pipa? Me alegra que no lo quieras escuchar, porque te tengo uno mejor y más macabro y que comienza así: La primera (y espero que la última) vez que esta que viste y calza durmió tras las rejas, en una estación de policía, fue el sábado de la semana pasada. Eso de dormir es una artimaña narrativa, Esporádico. No pude pegar un ojo en toda la noche. ¿Que qué hice para ir a dar a sitio tan nefasto? El jueves, antes de salir de pase —que nos dieron un fin de semana largo para festejar, no, niño, que Navidades ni un comino, el triunfo de la Revolución, que celebra aniversario el primer día del año—, habíamos quedado en que nos veríamos el sábado 27 en la Playita de 16, que a pesar de que diciembre ya estaba llegando a su triste fin, el meteorólogo calvo y viceversa anunció en la televisión que las temperaturas oscilarían entre los 12 y los 18 grados centígrados y mira que hay números en este párrafo, y eso para el resto de los habaneros será frío, pero cuando te pasas las semanas encerrada en una beca, rodeada de verde por todas partes, y no estoy hablando de ese verdor que normalmente se identifica con la esperanza, sino del color de los uniformes de diario y de campaña, esas tonalidades que abundan y empalagan la vista y esa yerba verde que te quiero verde del campo de tiro o la del adyacente gimnasio al aire libre, que las dos son una y la misma, esa yerba que tantas veces hemos tenido que escardar o chapear para cumplir los recargos de servicio que nos asignan a media semana para recuperar el derecho de ir a casa los viernes y hablando de yerba mala, cómo no mencionar el berro desabrido (y, ay, verde) que parece ser la única fuente de clorofila que los oficiales han optado por incluir en nuestros militares manjares cotidianos y súmale a las tonalidades arriba mencionadas ese verde deprimente del terreno de fútbol que ahora luce más marrón que otra cosa pues vete a saber a quién se le ocurrió coger la mitad del campo para plantar yuca como parte del plan de autoabastecimiento escolar y que hace que ahora los partidos sean de seis contra seis y con porterías de balonmano, y en fin que es tanta y tan omnisciente la verdura circundante que tenemos una impostergable necesidad de cambiar la paleta, limpiar el paladar, alegrar la pupila, y qué mejor remedio que el azul del mar o el gris del cielo o la combinación de ambos, que es tantas cosas, pero que ninguna de ellas es verde, ah, y lo de las temperaturas bajas es pan comido, que cuando has comenzado a adaptarte a hacer guardias en la madrugada en medio de un descampado cualquiera, mientras desde el árbol más cercano se pone a soplar el mono, a no ser que esté nevando (¿te imaginas, ponerse a esperar la nieve en La Habana?) o estén cayendo raíles de punta, no hay fuerza en esta tierra capaz de convencerte de que el día no está como para darse un chapuzón en la costa, y lo teníamos todo planeado para el salto a la mentada playita, cuando el viernes en la noche recibo una llamada de Ale, que me comunicaba (y dale con la jerga de la soldadesca) que habían votado (con v corta) y que aunque faltaba yo por elegir no importaba pues la mayoría del piquete había decidido que mejor era echarse el día en las playas del este, que con suerte encontraríamos un nicho donde achantarnos en las blancas arenas de esa delicia que es Santa María del Mar, y que qué mejor oportunidad para cruzar el túnel de la bahía, que en medio del invierno, cuando con toda seguridad nadie se aventuraría a la playa, que la íbamos a tener para nosotros solos, así como el transporte mefistofélico que hacia ella nos llevaría. Yo voté por el dienteperro de la de 16, por aquello de llevarles la contraria y ejercer y ejercitar el derecho. Pero ya estaba escrito que la parranda sería al otro lado de La Habana.

El día, como podrás imaginarte, fue corto (en cuestiones de luz), invernal y nebuloso (que sólo a nosotros se nos ocurre hacerle caso al Instituto de Mentirología nuestro), pero, al margen de los encuentros con la ley, ah, sí, que fueron tres, la pasamos de maravilla. El primer episodio con la policía fue en La Habana Vieja, a un par de cuadras de la siempre atestada estación de trenes, poco después de llegar a la parada de la guagua que luego de dar mil tumbos y vueltas nos dejaría frente a El Gato Cojo, ese restaurante-cafetería que está en el kilómetro no me acuerdo ni cuánto, en medio de la carretera y domina lo alto de la colina y el paisaje y le indica a los esperanzados bañistas que acaban de llegar a lo mejorcito de las playas del este, y que sólo tienen que apearse de la guagua, descender esa inclinada loma (cosa fácil, que para abajo todos los santos ayudan), bordear las canchas de tenis y pelota vasca que aún subsisten a un par de cuadras del mar, como rezago testarudo de un tiempo en el que la diversión no estaba contraindicada), y perderse en la belleza del azul. Pero no nos adelantemos a los acontecimientos. Eran las ocho y media de la mañana y ya estábamos en la cola Ariadna —mi prima, la hija de mi tía Marta, que no es camilita y es un poquito mayor, pero que se embulló a última hora a partir con la fresca y con la muchachada— y yo (oye, y ¿por qué será que somos siempre las hembras las que llegamos temprano a todas partes?), cuando se apareció un policía de línea de esos que tienen el don de la ubicuidad y que si le das una patada a una piedra cualquiera camino de cualquier parte, debajo de ella saltan cuatro de estos aguerridos agentes del orden. Pues nada, que andábamos en medio de una ligera discrepancia (uy, qué fisna) con una señora mayor que estaba justo detrás de nosotras y a quien no le hizo ninguna gracia que estuviéramos marcando para una docena de muchachos que con toda seguridad le harían perder el asiento y nosotras que no, compañera, que si le decimos que estamos marcando para doce, es porque ya casi están al aparecerse por aquí y además que no tenemos ninguna intención de que usted viaje parada y que Ariadna o yo le daríamos el asiento con mucho gusto y la vieja de mierda a armar la tercera guerra mundial por cuenta de asegurarse un lugar donde posar sus posaderas y ya Ariadna la había mandado a templar cuando de la nada salió el orientalito uniformado a pedirnos el carné de identidad, mientras la bruja que reclamaba su derecho al asiento futuro seguía despotricando acerca de lo perdida que estaba la nueva generación delante de este esbirro que todavía era lampiño. Después de examinar el documento de Ariadna una y otra vez, el fenómeno señaló el nombre y soltó: «Venga acá, ciudadana, ¿qué es lo que dice aquí?». La respuesta de mi prima merece quedar grabada en los anales de la insolencia: «Mire, oficial, yo le entrego el carné porque usted es la autoridad. Pero que lo enseñe a leer un maestro». Y el tipo agarró la tonfa y yo me dije aquí quedé y cuando me iba a encomendar a mis santos y mis muertos, de la nada apareció otro policía (¡es que están en todas partes y hacia todas partes van!) que aplacó al primero, nos devolvió los sendos carnés y antes de desaparecer con el socotroco a esa nada de la que surgió nos dijo que para la próxima más respeto, eh, que no siempre una tiene la suerte de encontrarse un oficial que no opte por descargar todo el peso de la autoridad y nosotras, gracias, compañero, muy amable de su parte y no se preocupe que tendremos su consejo muy en cuenta. El resto del grupo fue llegando a cuentagotas durante la próxima media hora. La vieja pedante continuó con su candanga, pero le dimos una mano de pintura invisible y dejó de molestarnos. A todas estas, la guagua seguía anclada ya frente a nosotros, pero el conductor había hecho mutis por el foro romano. El chofer apareció al poco rato (me dio la impresión de que llegaba de tomar el néctar negro de los dioses blancos, pues lo vi salir de la cafetería de la esquina y a esa hora ahí sólo vendían el dichoso líquido que es caliente y es amargo y es fuerte y es espeso y del que estos cuatro adjetivos forman su acróstico) y se montó en la guagua y el muy hijo de la gran puta cerró las puertas y nos dejó atónitos. Diez minutos más tarde, cuando el energúmeno por fin se dignó a transportar al ganado (¿somos otra cosa?), dejamos que la insoportable gravedad de aquel ser, la vieja, chico, de quién hablamos sino, subiera primero y escogiera el asiento plástico de su preferencia. Nosotros, los doce apóstoles del transporte público, nos fuimos al fondo del autobús y ocupamos la puerta de salida, para ser los primeros en echar un patín, que una nunca sabe cuándo va a venir a mano un pie (¡ja!). ¿Que no sabes por qué la necesidad de correr? Pues porque se ha desatado una ola de robos y atracos en toda la capital (y La Habana Vieja es la capital de esta capital del crimen) y ya los bandidos no respetan ni la luz del día y te asaltan en plena calle y se han dado casos de tipos que se cuelan en las guaguas y empiezan a dar puñaladas arriba y abajo y toda esta masacre es a veces con tal de llevarse una cadenita bañada en oro o un reloj Poljot, que aquí más nadie tiene otra cosa, y quienes tienen otra cosa no se mueven de un lado a otro como el resto de los bovinos que pastamos en esta tierra. Y yo siempre me pregunto, dónde están esos policías que se pasan la vida pidiéndonos el carné a mis socios y a mí cuando en realidad hacen falta, que es en el momento en que te sale un tipo (si fuera otra habría puesto "un negro", pero tú, querido diario, eres el primer territorio de América libre de racismo) y saca un matavaca (ay, otra rimita) o desenfunda un punzón, una bayoneta o un cuchillo de mesa con filo letal y te dice que ñacañaca o la vida y tú sin más opciones o te inmolas o terminas dándole el ñacañaca (que puede ser cualquier cosa, el culo, una mamada, la billetera) y los putos policías se olvidan de su omnipresencia y sólo aparecen una vez consumado el hecho para preservar la escena del crimen o preguntarte qué hacías tú, la víctima, por ahí, a esa hora.

Por suerte el viaje al oriente transcurrió sin contratiempos. Como previmos, no hubo mucho tráfico a la salida del túnel y ya a los veinte minutos habíamos pasado por el Mégano y Tarará y estuvimos tentados a quedarnos en la primera de estas playas, pero nuestra virgen rectora, Santa María del Mar, nos cantó su canto de sirena y nos quedamos en la guagua, que uno no cruza el río para luego no escalar (o bajar de) la montaña. A la media hora ya estábamos frente al restaurante del gato que entre los ciegos es rey y comenzamos el descenso de este Walhalla luego de comprar unos huevos duros que eran más duros que huevos y unas torticas de Morón patitiesas, que se sumarían a unos pastelitos de guayaba que le habíamos comprado horas antes a un vendedor callejero en la Habana Vieja y que carecían de sabor, textura, color ¡y guayaba!, pero que despertaron en Alejandro dotes de compositor y repentista hasta entonces inéditas para mí, pues a las primeras les dedicó una canción de Ricardo Montaner, cuya letra modificó para las circunstancias, y a los segundos los tocó con una espinela que aún me retuerce de la risa y que transcribo aquí, en el orden en que las comento:

[Cantar con la melodía de "La chica del ascensor", de Ricardo Montaner].

"Las torticas de Morón

me hacen subir la presión.

Me tengo que liberar

de su tortura mortal:

¡he de soltar un mojón!

Las torticas de Morón, oh, oh...".

Luego siguió improvisando, acompañándose de una guitarra de cajón que, como los policías, también salió de la nada. Y si esto fuera poco, ya sé que Silvio Rodríguez diría que tiene sus brazos que poco a poco, mueve y tal, pero yo estoy aquí de monje copista, querido, así que te entrego, cortesía del inefable Alejandro Romero, esta *Oda al hambre vieja*. Que dice:

Ay, pasteles de guayaba,

que se pegaban al cielo

de la boca y con recelo

de ustedes me alimentaba

cuando el hambre me asaltaba

en el medio de la vía

y huyendo a la policía

los compraba en bolsa negra,

mi estómago no se alegra,

¡se retuerce todavía!

Y así nos tiramos aquel día gris: comiendo gofio (en sentido figurado, que ya no recuerdo la última vez que pasó por mi vida sin saber que había pasado), digiriendo el condumio que nos habíamos procurado (uff, qué frasecita), cantando canciones de estos tiempos y otras latitudes, recostados a (más bien, acampados en) esa piedra inexplicablemente grande que yace a unos treinta pasos del mar y en la que cabemos sentados cómodamente por lo menos cinco personas (ay, ¡las ganas que tenemos de ser personas!), con aquel instrumento desafinado en el que Ale se puso a rasgar los acordes de todo el pop rock argentino que ha venido a carenar a estas costas, pero que a mi pesar tenía que alternarse con Andy O'Brien, un trovador de la escuela que a pesar de su nombre anglo y su apellido irlandés es más negro que los apagones y que cantaba temas de su cosecha, lo dijo así (y no estaban nada mal, te confieso), pero que entre ellos intercalaba algunos salidos de aquel libro tan cheo como prescindible que proclama en su título ese antropomorfismo barato de que levante la mano la guitarra y que es punto fijo en las mochilas de los defensores del calvo —qué calvo va a ser, chico, Silvio, el sangrón, el que le dice a su público que si va a aplaudir fuera de ritmo que mejor no aplauda, el que se pone el índice en la oreja para cantar, el que perdió el unicornio azul, el que se pregunta por la bomba que estalló a mil kilómetros del ropero y del refrigerador, el daltónico pintor de las mujeres soles, el testaferro del traidor de los aplausos, compadre, el que se encontró una silla al borde del camino y ahí mismo se sentó, el indeseable de Silvio Rodríguez, que aspira a trasmitir calidez con sus sueños de noches de verano, pero que para mí es más frío que toda la desilusión—. Y hablando de temperaturas bajas: creo que yo fui la única que entró al agua, porque estábamos jugando a la botellita y me cayó el pico de la botella que daba vueltas como una gran pelota y el castigo me lo puso, quién otro sino Ale (a quien le había caído el fondo de la susodicha) y consistía en besarlo en el acto o soltar lo que estaba haciendo y meterme en el mar. Y déjame decirte que no tengo nada en contra de besar a Alejandro (¡todo lo contrario!), pero si quiere empatarse conmigo y dar pie con bola, tendrá que ser un poco más original, que con estos jueguitos de niños mediante te garantizo que en su boca no se me ha perdido ningún beso. La cara que puso el pobre cuando vio que me levantaba, me sacudía la arena del jean para luego quitármelo y tirarlo sobre la piedra silente y acto seguido deshacerme del suéter y el pulóver, y pegarme al pico de la botella y darme un trago largo de ese ron peleón para entrar en calor (o matar mi fauna intestinal) y salir andando a las aguas que bramaban mi nombre casi con ternura era como para eternizarla en cera o en metal y ponerla en el museo de la Revolución o cualquier otro museo de los tantos que afloran por estos predios y que ya no saben qué enseñar en sus vidrieras. Y el busto de Ale, en cera o en metal, tendría un pie de foto que diría: "Homo Cubensis experimenta el rechazo". Que es que aquí no nos enseñan a lidiar con la derrota y la cara de mi socio era un poema, una oda al fracaso y el viaje a la playa para mí valió la pena sólo por disfrutar el microsegundo de esa expresión que me ha concedido un poder sobre él que, te soy sincera, ignoraba que tenía.

Dejamos la arena blanca de Pilar que viene y va a eso de las seis de la tarde. La subida de la loma nos tomó sus buenos veinte minutos y en lo que llegó la guagua repleta a la parada sumado al trayecto de regreso que se prolongó hasta el día después de la eternidad nos dieron como los ocho y media de la noche, pero al final allí estábamos, en el corazón putrefacto de la manzana, en la misma Habana Vieja, cansados, felices, hambrientos, con una sed y un churre inenarrables. Luego de despedirnos del resto del grupo y sumar nuestro capital (el de Ale, el de Ariadna y el mío) y constatar que el resultado era 21 pesos, decidimos que bastaba y sobraba para encontrar alguna cafetería por la zona que nos vendiera sendas pizzas y refrescos y como estábamos con unos atuendos que no codiciaría el más desaliñado de los mendigos, concluimos que no habría asaltante de caminos que nos fuera a salir al paso, que en última instancia, la gente nos detendría para darnos dinero, que con esa pinta era obvio que lo necesitábamos. Así que, sin prestar mucha atención, nos adentramos en una calle, que dio a otra y luego a otra y, en efecto, a poco andar encontramos a una mujer vendiendo unos discos de guayaba y queso, que a falta de pan, casabe y a falta de pizza nos venían de perilla, con aquel batidito de fruta bomba que no estaba nada desdeñable y ahí mismo nos achantamos y nos dimos nuestro dulzón y merecido banquete y paz aquí y en el cielo, gloria. Y, muchacho, quién te dice a ti que antes de abandonar aquel soportal que nos soportaba y ya sin preguntar dónde se comía o se bebía le pedimos a la buena mujer que

minutos antes nos había matado el hambre que nos indicara cómo
se llegaba al Capitolio para de allí coger algún transporte de regreso
al Vedado y el alma de Dios nos dijo que primero siguiéramos recto,
buscando Empedrado y luego dobláramos a la izquierda o la derecha,
ni te sé decir, que por suerte mis compinches estaban tomando nota
y después de las instrucciones nos despedimos con la barriga llena y
el corazón contento y seguimos caminando recto y doblamos primero
aquí y luego allá y de repente nos salieron al paso, ay, tres negros
y uno de ellos ya traía desenvainado su perfilo cortante y antes de
que dijeran esta boca es mía, Ale nos salvó con su arma secreta, que
no era, como yo creía hasta entonces, su conocimiento avanzado
de algún arte marcial, sino su capacidad pulmonar que hizo que las
paredes a nuestro alrededor retumbaran ante su inesperado grito de
«¡Abajo Fidel!». Los asaltantes se quedaron en una pieza. Uno empezó
a decir: «Muchacho, tú estás loco, tú no ves que...» y ya Ale había
regresado a la carga con ímpetu de barítono y ese inolvidable «¡Fidel,
hijo de puta!» que sacudió lo monótono de la noche y a pesar del
débil farol que nos alumbraba vimos en las caras de estupefacción
de los criminales expresiones que sin pensarlo mucho eternizaría en
cera (junto a la de Ale) y las pondría en el Museo del Horror y de
repente notamos que se abría la ventana de un balcón por aquí y
la puerta de una casa por allá y salía el primer chismoso a salvarnos
la vida y luego el segundo e inmediatamente después sonaba un
apagado «¡Fidel, asesino!», seguido de cerca por un «¡Abajo Patilla!»
y, como es de suponer, el predecible «¡Viva la Revolución!» que no
podía faltar en este país donde hacen olas los tracatanes —qué cosa
va a ser un tracatán, chico, ¿tú eres bobo o pinareño?; un lamebotas,

un vulgar hueleculos—, y lo próximo que vimos fueron las suelas de los que venían por lana y salieron trasquilados. Y yo te juro que me quedé azorada con la ocurrencia de Ale y por eso le pregunté, más por curiosidad que por otra cosa, que por qué había gritado lo que había gritado y él, todavía riéndose (el muy cabrón se piensa que todo en la vida se resuelve con una risita) me contestó que si hubiera gritado auxilio o socorro o cualquier otra idiotez por el estilo nadie se habría molestado en asomar las narices y a estas horas ya seríamos parte de las estadísticas que recogen los muertos por armas blancas en la capital y que lo único capaz de convocar lo mismo a la campaña que a los mosquitos, es decir, a quienes apoyaban o a quienes detestaban el proceso (le dijo así, *el proceso*, haciéndose el kafkiano conmigo) era soltando un sonoro grito en contra de Quién Tú Sabes. Y que desde ese momento en adelante Ariadna —que ante la vertiginosidad de los hechos (calculo que todo esto transcurrió en menos de cinco minutos) se había quedado atónita, con otra de esas caras digna de una colección de estudios de antropología— y yo —que recién recuperaba el habla—, éramos depositarias de esa tan demoledora arma de neutralización masiva y que debíamos usar siempre que nos viéramos en caso de extremo peligro. Y nosotras, gracias, Obi-Wan-Kenobi. Y el Ale, ay, siguió riendo. Cuando llegó el patrullero con las sirenas y las lucecitas de serial policiaco, les explicamos a sus ocupantes que estos tres oscuros personajes (je je) habían salido de la nada gritando esas irrepetibles consignas contrarrevolucionarias; que no los podíamos describir bien porque eran negros como la noche que nos cubría y que con tal elemento en la calle nos daba un poco de temor andar por ahí, y que éramos camilitos y revolucionarios y si nos hacían el favor de dejarnos en Prado para ahí coger algo que se moviera rumbo al Vedado y el que estaba sentado en el asiento del pasajero nos dijo que iban rumbo al Coppelia, que parece que habían sacado sabores nuevos y las broncas por cuenta de la fresa y el chocolate estaban a la orden del día.

Y ahí tienes, por arribita, el segundo encuentro con la ley, pero ya debes saber a estas alturas, dilecto, que a la tercera va la vencida. Así que cuando nos dejaron en 21 y L, frente a Vita Nouva, el restaurante que sirve los peores espagueti a este lado de la galaxia, en lugar de subir a 23 y engancharnos a la primera guagua que pasara, salimos andando por 21 rumbo a G, riéndonos de lo improbable y de cómo se contrajeron aquellas caras al grito de «Abajo Fidel», con tan mala suerte que este recuento lo hizo el propio Ale doblándose de la risa mientras pasábamos frente a la embajada china o rumana o polaca o checa o vietnamita o de uno de esos países socialistas y parece que el custodio lo oyó porque aunque no podía abandonar su posta, Ariadna y yo vimos cuando se llevaba el *walkie-talkie* a la oreja y se comunicaba con esa parte del éter que es la policía y en el acto presagiamos desgracia y no habíamos andado más de media cuadra cuando se nos arrimó una patrulla que venía por 21 en dirección contraria al tráfico y de ella saltaron sus ocupantes y sin darnos tiempo a explicar nada nos pusieron contra una reja más barroca que las obras completas de Carpentier y nos dijeron que abriéramos piernas y brazos y nos empezaron a cachear (vale, a toquetear) y luego preguntaron si a nosotros nos hacía gracia gritar «Abajo Fidel» y que por qué no lo gritábamos ahí, en presencia de ellos, para ver quién se iba a reír entonces y cuando vieron el carné de Ale y el mío se jodió la bicicleta, que qué clase de camilitos éramos que nos dejábamos llevar por desviaciones ideológicas de esa calaña y que no había más nada que declarar y ahí mismo nos metieron a empujones en el carro y salieron chillando gomas para la estación de policía más cercana.

Nos soltaron a eso de las 4 de la mañana. La madre de Alejandro se personó a esa hora a interceder por el grupo y la palabra *interceder* no describe a cabalidad lo que ocurrió pues llegó como una tromba y empezó a soltar más rayos y centellas que ni Zeus y Shangó combinados y en medio de la descarga eléctrica intercalaba la duda y el miedo preguntándoles a los policías que estaban al frente de la unidad si tenían idea de con quién estaban hablando y los oficiales de guardia a responder que no y ella a darles la misma cantaleta (que le agradezco y mucho, que de lo contrario no estaría aquí, escribiendo hasta que se me peguen las pupilas), que si más cuál coronel del Ministerio del Interior había sido compañero suyo en la lucha clandestina contra Batista y que los habían torturado juntos y que juntos habían guardado silencio y que si tenía que levantar el teléfono y llamarlo a esa hora, con gusto lo hacía, pero entonces, al insulto de que un par de comemierdas había arrestado al hijo de un pilar de la Revolución por una chiquillada se le sumaría el hecho, tan o más grave aún, de que le interrumpieran el sueño y les dio un minuto para escoger, que a ella le daba lo mismo un cumpleaños que un entierro y de repente abrieron la puerta de la habitación en donde nos habían tirado y desde la que se escuchaba todo este chanchullo, nos devolvieron los documentos (los carnés de camilitos a Ale y a mí, los de identidad a los tres) y se disculparon diciendo que todo había sido un penoso malentendido y que no nos habían abierto expediente a ninguno y que nos podíamos retirar y la madre de Alejandro les dijo que la que iba a formar le iba a gustar a todo el mundo menos a ellos y que si no tenían otra cosa que hacer los muy zánganos y arrancó aquel Lada 1600, nuevecito, que había parqueado encima del contén como para demostrar que ella en este país hace lo que le da la gana y salió en segunda (esto me lo dijo Ale, que yo de autos no sé nada), dejando una marca deleble en el asfalto.

Hasta esa noche que devino madrugada, al margen de las payasadas que he dicho y que incluso he escrito en tus páginas, creía sin reservas en la Revolución, la causa justa y noble por excelencia. Pero, ay, ya alguien ha dicho que a nadie le duele un pisotón en el juanete ajeno. Y sólo entonces la bota fidelista hizo su debut en mi pie. ¡Y me dejó el calcañal en candela, mi chino! El terror, esa cosa corpórea que toma asiento en la boca del estómago y te saca el aire y te sacude y hace que las manos se te hielen y el aliento se te seque y las ideas te abandonen y la risa se exilie de ti mientras el tiempo se detiene como para enfatizar lo agonizante de cada segundo que se niega a transcurrir, ese terror al que no hago justicia con estas letras, se apoderó de mí desde el momento en que me di el cabezazo contra la puerta del carro patrullero a raíz de que el policía me diera el empujón para que acabara de entrar y aún no me abandona mientras tomo estos apuntes. Mi madre y mi tía también estaban asustadísimas cuando la clandestina nos dejó casi a las cinco de la mañana en mi apartamento en el nunca bien ponderado solar vertical. A esa hora, la que me parió hizo aparecer café de donde no había y la invitó a ella y al hijo a que terminaran lo poco que quedaba de oscuridad con nosotras, y mi tía se sumó a la bachata que no era tal con mis primas y nos dio el amanecer intentando trivializar lo terrible, jugando ajedrez sin poder cerrar estos ojos sin párpados que no se cansaban de esperar a que alguien tocara a la puerta, haciendo chistes y cuentos y preguntándonos en voz baja si algún día lejano habríamos de olvidar aquella tarde remota en que la Revolución nos llevó a conocer el miedo.

[28 de febrero de 1996]

No, teniente, no soy hija única, pero le confieso que no sé qué tiene que ver el estropajo con la llovizna. Si no la mencioné antes es porque no creo que nuestro parentesco tenga ninguna relevancia en lo que me ha preguntado. Somos dos hermanas. Sí, ya que insiste, medio hermanas, hijas de padres distintos. Yo soy la mayor. Le llevo cinco años, que si lo miramos bien, podrían ser siglos. Lo digo porque a mí me dieron una educación casi católica y por Dios, no se tome esto en plan literal, que soy judía y agnóstica y le estoy hablando en sentido figurado para que entienda que durante mi infancia tenía yo más restricciones que una monja en ciernes mientras que Giselle creció cual electrón libre, permitiéndose libertades a los seis años que a mí me habían negado hasta los diez. Que esta niña ya estaba entornando los ojos y poniendo caritas y urdiendo unos chantajes sentimentales y enredándose en unas maniobras y marañas y enredos familiares que con toda seguridad desconocían en el senado romano y en las cortes florentinas y todo esto mucho antes de haber aprendido a hilvanar una oración y no se asombre si le digo que nadie jamás le corrigió ninguna de sus constantes monerías o impertinencias, mientras que si yo chistaba, a llamar a los bomberos que el mundo se iba abajo. Y de verdad que nunca le he prestado mucha atención a la disparidad, pero ahora que usted lo menciona no descarto que a lo mejor el hecho de venir de padres distintos sí haya incidido en nuestra crianza. Fíjese que yo empecé a gatear y luego a caminar y hasta a balbucear mis primeros disparates (dicho sea de paso, en español), mucho antes que el resto de mis contemporáneos. Y unos amigos de mis padres, a quienes jamás he soportado, le achacaban esto al hecho de que mi madre en un principio y, después, el binomio formado por ella y su esposo jamás me inundaron con juguetes ni regalos caros, ni me malcriaban, ni tuve nunca una cuna llena de muñecas, ni mil marugas, ni otros tantos sonajeros, ni esos tetes o chupetes que en inglés llamamos pacificadores porque cuando la criatura chupa libera una hormona que la tranquiliza y a mí ni el dedo me dejaron meterme en la boca y así es que sin pasatiempos de ninguna índole, según el odioso matrimonio, tuve que desarrollar estas aptitudes lingüísticas y motoras, para compensar la falta de mimos, memes y momos y por eso desde que tengo uso de razón no he dejado de hablar y soy más intranquila que una ardilla. Ahora que lo pienso bien, eso de que no tenía juguetes no es del todo justo y requiere una nota al pie de página. Mis más tempranas memorias siempre incluyen un tablero de ajedrez. Ese era mi artefacto favorito. Recuerdo (igual el recuerdo no es mío y de tanto escucharlo ya me lo he apropiado) que me dejaban sentada en mi corralito, con un tablero de ajedrez y sus 32 piezas, bueno, puesta a ser precisa debería decir 16 piezas, que cualquier movedor de fichas o jugador de borra de café (categorías cubanas, fíjese) sabe que los peones no son piezas sino carne de cañón. No sé de quién fue la idea de asociarme tan temprano con el juego-ciencia. Lo cierto es que mi padre lo jugaba no con poca frecuencia y había puesto un set de madera fina en la sala y siempre que tenían visita el hombre se ponía a insistirles a sus invitados que si una partidita y mi madre a entornar los ojos (de alguna parte le tenía que venir el histrionismo a Giselle) y a veces, como no tenía con quién jugar, se sentaba con un libro frente a ese laberinto de 64 casillas que contiene más jugadas posibles que el número de átomos que componen el universo y parece que estando yo aún de brazos, mis padres notaron que siempre que me ponían cerca de la mesa laberíntica me quedaba fascinada con sus reyes y sus reinas y sus respectivos despliegues de infantería y por eso me compraron mi propio juego con un tablero de tela gruesa y piezas más grandes de lo común y un buen día lo zumbaron en mi corralito y desde entonces no he parado de jugar el juego-ciencia.

Mi madre siempre ha dicho que la austeridad en lo concerniente a mis muñecas y demás se debía a que ella estaba convencida de que un juguete era 10 porciento el artefacto y 90 porciento la imaginación de la criatura. Y que, por tanto, mientras más rústico y menos sofisticado el objeto, mejor para el niño, que tendría que inventar mil y una formas de usarlo. De ahí que aquel tablero de ajedrez fuera, además, desde mi juego de muñecas hasta mis soldaditos (dígame, cómo iba a saber yo que eso era juego de varones). Y parece que la puesta en práctica de tan bizarra teoría dio resultado porque me pasé la infancia fabulando y si andábamos fuera de casa y estaba aburrida y me daban una lata y un palo, en lugar de armar el guateque cubano, yo me inventaba un teléfono o un edificio o vaya usted a saber qué, mientras que a mi hermana había que pintarle monos y hacerle (y aguantarle) las gracias. Pero resulta que por muy capitalista que se hubiera vuelto, mi madre arrastraba de sus años de

radical y de su vida en Cuba la idea de los planes quinquenales y por
eso cuando nació Giselle, un lustro después que yo, la austera mujer
cambió de filosofía y se dispuso a reescribir el príncipe y el mendigo,
que sólo así se explica la dicotomía entre la carencia material de mis
primeros años y el exceso de pacotilla que caracterizó la vida temprana
de Giselle. Pero no, teniente, no le guardo ningún rencor, que yo no
tengo gavetas. Lo que sí le confieso es que si algún gurú de educación
preescolar o cualquier defensor de los derechos del niño, de esos que
tanto abundan en mi país, hubiera visto como me dejaban a merced
de Caissa, la diosa del ajedrez, señora, poniendo a mi alcance aquellos
pequeños posibles bocadillos —los peones no eran otra cosa— que
podrían habérseme atorado en esta garganta ya ronca producto de
su interrogatorio y me daban la espalda mientras yo me llevaba los
caballos a la boca, los alfiles a la nariz y las torres las tiraba tan lejos
como me era posible, con toda seguridad los hubiera citado ante la
justicia en una corte familiar, presentando un caso tan convincente
que les habría hecho perder la custodia de la niña por cuestiones
de negligencia y yo habría crecido tal vez en el seno de una familia
humilde, sin bilingüismo, ni favoritismo filial, ni piezas de ajedrez que
llevarme a la boca, ni escasez de juguetes en la tierra de la abundancia,
ni nada por el estilo, y entonces mi vida habría tomado un derrotero
completamente distinto y con toda seguridad no estaríamos aquí en
esta habitación desalmada mientras yo intento convencerlo de que
no soy esa tal Penélope Díaz, no, señora, no me haga ni un pucherito
más, que esto es como si le pidieran a un rinoceronte que demuestre
que es un rinoceronte y el animal enseña su cuerno y su piel dura y
curtida y lo siguen acusando de ser una jirafa.

La furia del ajedrez me empezó más o menos a los tres años. A esa edad a mi padre le dio por enseñarme las reglas del juego y como no tenía con quien jugar en casa, en sus ratos libres me sentaba frente a él, tablero mediante, y me explicaba las ventajas de la Ruy López o las tantas estratagemas disponibles para destrozar alegremente una defensa siciliana y al final de la lección, como si quisiera irme ejercitando en el gentil arte de perder, me invitaba a una partida y lo echábamos a suertes y si le tocaban las blancas abría con peón cuatro rey y seguía desarrollando la apertura española que recién me había explicado y ya antes del medio juego su ejército dominaba el centro del terreno y en el mejor de los casos (para mí, quiero decir) me llevaba una pieza de ventaja y cuando en el sorteo le tocaban las negras, sin importar mi movida inicial (que por lo demás, era adelantar dos pasos al peón de rey), me respondía con acento siciliano y antes de que me hubiera dado tiempo a enrocarme ya tenía el control del juego. Y después de que se aburrió con estas dos coreografías, saltamos a la defensa francesa y luego a la Nimzo-india y luego a la Benoni y cada una de sus más populares variantes y, para no perderle el gusto ni la costumbre, me seguía derrotando antes de llegar a la jugada 25 y así estuvimos como hasta que cumplí los 10 años, sin saber qué cosa era jugar un final de torre y peones o caballo y dama o dos alfiles y rey o cualquier combinación de las tantas posibles pues nunca había avanzado más allá de la mitad del juego. Y aquí vuelve mi vida a cruzarse con el alma cubana, pues (mi futura tía) Graciela, que recién se había mudado con nosotros me regaló para celebrar la *Janucá* — no, señora, eso es un festejo judío que acontece poco antes de las navidades— una edición de *Los fundamentos del ajedrez* de su inmortal

Capablanca y el libro estaba en español y en notación descriptiva, dos idiomas de los que sólo uno me era familiar y consistía en una edición de uso a la que en más de una vez tuvimos que pegarle un par de páginas y que empecé a devorar como si leyera una novela de aventuras pues el héroe (que no era otro que el autor) era un tipo que sin quererlo era divertidísimo y tenía un ego del tamaño del edificio Chrysler que se veía desde mi ventana y hablaba con una convicción y un derroche de inmodestia que daban risa, pero que, por otra parte, dominaba cuánto truco le fuera velado al resto de los mortales que se habían acercado con anterioridad a un tablero de ajedrez con el ánimo de conquistarlo. Si con mi padre conocí el sabor de la derrota, con el Capa aprendí de estructura de peones y de cómo mantener la oposición y cuál era el alfil bueno y cuál el malo y a mover los caballos de un establo a otro y, lo más importante, a no memorizar aperturas y defensas y desarrollarlas mecánicamente, sino a prestarle toda mi atención al tablero y a estudiar mi táctica y estrategia, no, teniente, no hablo del horrible poemita de Beneddetti, por cierto, cómo lo conoce, ah, por *El lado oscuro del corazón*, malita la película, sabe, pero le decía que de pronto dejé de jugar ajedrez con mi padre y me perdí en las páginas del cubano otrora campeón del mundo y al cabo de dos o tres meses, en medio de una mañana de domingo invernal, mientras el hombre resolvía su crucigrama del *New York Times*, me le planté delante y le pregunté si me concedía una partida y él se rio porque eso de *conceder* le sonaba muy formal viniendo de una vejiga y me dijo que así era como se sacaba a bailar a una desconocida en las fiestas de sociedad y yo asentí y le dije que muy bien y que prefería negras y le di un sonoro y sonado jaque mate en el medio juego y él se justificó diciendo que aún no se había tomado su dosis reglamentaria de café y todavía estaba medio dormido y que lo esperara y cuando regresó de la cocina con la taza humeante en la mano ya el tablero estaba listo y yo tenía las blancas y salí con el peón de dama y él me miró como si le hubiera profanado la tumba de un familiar cercano y a la cuarta jugada sacó su dama al espacio sideral y a la décima ya la había perdido, y mi tía Graciela fue a llamar a mi madre para que viera el fenómeno y ya mi padre tenía las orejas más rojas que la manzana del pecado original y me dijo que me iba a dar una revancha y yo le dije que eso era imposible porque yo había ganado los dos juegos y el dijo que era un decir y que a la tercera iba la vencida y si yo hubiera sido más lista habría regalado el juego, pero quería demostrarle que había hecho mis deberes y quería, obvio, que estuviera orgulloso de mí y cuando me presentó el gambito de dama no lo acepté y luego me dio un jaquecito bobo y yo me tapé con el caballo y tres movidas después dejé un alfil al garete y él pensó que había sido un error mío y no vio la trampa y se afiló los dientes y los clavó en la pobre pieza, pero al hacerlo perdió una jugada y perdió la supremacía del centro y ya sólo me restó mover un caballo, trajinarle la dama haciéndola saltar de un lado a otro y neutralizándosela en una esquina, mientras avanzaba con todos los peones de mi flanco del rey (me había enrocado a la larga), y recuerdo la partida como si la hubiera acabado de jugar y no olvido a mi madre riéndose por lo bajo y a Graciela, que todavía no tenía mucha confianza con los señores de la casa, disimulando, haciendo como si no pasara nada, y a mi padre, con una tristeza en los ojos que jamás le volví a ver tomando a su rey por la corona y acostándolo en el tablero y yo que no sabía que aquello significaba que se rendía le dije que esa jugada no era legal y casi le tembló la voz al confirmarme que había ganado. Y de la nada salió mi hermanita y se le sentó en el regazo y sin comerla ni beberla soltó una perreta que no me dejó saborear la victoria ni comprender que había cruzado la línea roja. Y así fue como, después de seis años de derrotarme una y otra vez frente al tablero, el gran ejecutivo de Wall Street se levantó con el pretexto de consolar a su chiquitica y jamás regresó a esa silla, a jugar ajedrez, conmigo, consigo mismo o con el resto de la humanidad.

Mi hermana por aquel entonces ya había decidido que no quería aprender español y para enfatizarlo le soltaba cada grosería a Graciela que mejor ni le cuento. Mi madre intentó hacerla entrar en razones con aquello de que Alejandro Magno decía que quien habla otra lengua tiene otra alma, pero como Giselle es más cabezona que Charlie Brown, le dijo que nananina jabón candado y mi tía le aseguró a mi madre que cuando cambiara de opinión todavía estarían a tiempo y ella seguiría dispuesta a pasarle el legado idiomático (lo dijo así, delante de mí y de estos oídos que tengo aquí). La verdad es que para Giselle jamás escatimaron justificaciones. La niña no quiere hacer tal cosa. Y no la hacía. A la niña se le antoja esta otra. Concedida. Si flauta pedía, flauta le daban y luego el instrumento envejecía en su cajón de juguetes sin que la dueña se lo hubiera llevado a la boca después del día en que lo recibió de regalo. Y a todas estas, yo tenía que seguir con mi ritmo de vida de futura mujer orquesta. Y hablando de música: ya le dije que desde bien jovencita me pusieron a estudiar piano y cuando mi tía Graciela llegó para quedarse, una de las ventajas añadidas es que la mujer podía haber sido una estrella del *filin* cubano, que tenía una voz de ensueño y tocaba unos boleros melodiosos, con esos acordes propios del jazz y el bossa nova, así que un buen día le dije que me enseñara "Ay, amor" y ella rasgó las cuerdas y empezó a cantar y se le aguaron los ojos y a mí también y a la semana, que festejábamos el cumpleaños de mi madre, ya me había aprendido la letra y la música y la interpretaba con algo de timidez y mucho orgullo y al principio de la fiesta me aparecí en la sala con la guitarra y dije que le iba a regalar a la cumpleañera una canción en español y, antes de que pudiera empezarla, Giselle preguntó si yo podía tocar el piano y la guitarra a la vez y dos o tres invitados se rieron con la ocurrencia, pero a mí no me hizo ninguna gracia. Desconcentrada, nerviosa y con luces y cámaras enfocadas en mí se me quitaron las ganas de cantar, pero mi hermana, a sabiendas o ignorando que me había lanzado a los leones, insistió y luego mi madre y como de los cobardes nunca se ha escrito nada me las di de bolerista, sólo para olvidar un par de acordes, desafinar en el estribillo y no perdonar a Giselle por el sabotaje. Con esto, estimo que ya ha oído lo suficiente de mi hermana. Así que si ya se le acabaron las preguntas le recomiendo que me devuelva al aeropuerto y me ponga en un avión rumbo a mi país y a rehacer mi vida.

Tenga mucho, pero mucho cuidado, teniente, y no vaya usted a cruzar el punto de no retorno, que hasta ahora me han mantenido "retenida", me han limitado el contacto con la luz del sol, el aire puro, la comida caliente, me han sentado frente a esta señora que perdió a su hija y llora en mi presencia, me han hecho perder la noción de la hora en varias ocasiones y todo este maltrato podría considerarse subjetivo y hasta justificable, pero si me tocan con el pétalo de una rosa o, en su defecto, con una jeringuilla, en ese mismo instante consideraré que han pasado a la tortura física y ya tendrán usted y sus superiores que responder a mi gobierno, y ese mal no se lo deseo a nadie. Por tanto, mi respuesta es rotunda. En lo absoluto. Me niego categóricamente a someterme a un examen de sangre. Y, no, no me malinterprete, no es porque tema que, como dice, "vayan a descubrir" que esta pobre mujer y yo pertenecemos al mismo grupo sanguíneo, o por miedo a que vayan a conectar nuestros ADN, o por temor a que alteren los resultados para implicarme en esta ridícula desfachatez. Tengo dos razones de peso: en primer lugar, soy hemofóbica; no, no *homo*, *hemo*, que quiere decir que la sangre (propia y ajena) me da un pánico visceral. Pero ese no es el motivo más importante. Mi rechazo es por una cuestión de principios. Si mi palabra no les basta, entonces considero que mi sangre tampoco será suficiente.

[Fin de la transcripción].

Domingo, 1 de febrero de 1987

En tremendo lío nos metimos, Esporádico. Sí, adivinaste. No escribí antes pues llevo todo un mes sin pase. La culpa es de Ale. Y mía, a decir verdad. Y de esa escuela y este país en el que estamos acostumbrados a hablar siempre en paráfrasis, porque aquí cuando llamas a las cosas por su nombre corres el riesgo de perder la capacidad de llamar a la cosas o hasta de perder el nombre. Ya, tranquilo, te cuento. Resulta que en la temporada ciclónica que concluyó hace un par de meses, se nos apareció una clase de ciclón que fue como un ensañamiento de la naturaleza contra este pedazo de tierra en medio del mar y acabó con la flora e hizo estragos en la fauna y azotó a la isla de uno a otro confín y El Innombrable soltó sus discursos antes, durante y después, pero ni su labia imponente fue capaz de desviar el curso del huracán (que por ahí algunos hasta dicen que fue un producto de la CIA). Pues bien, en una esquina del problema tienes al ciclón, en la esquina opuesta figura otro huracán menor, en este caso, un huracán de las letras isleñas que lleva por nombre José Ángel Buesa. Este señor fue un gran experto en agrupar lugares comunes y luego los hacía rimar y les llamaba poesía y los publicaba y le sacaban varias ediciones y fue uno de los pocos seres que en pleno siglo veinte logró vivir de su lírica y muchísima gente todavía lo lee (aunque, a estas alturas, sin admitirlo) y los jovencitos les regalan poemas propios a sus novias y los poemas, obviamente, son del malogrado Buesa, y todas las novias reciben los mismos poemas que tienen un mismo origen, el susodicho que es el autor de uno de los versos más repetidos en suelo patrio y dice: «Pasarás por mi vida sin saber que pasaste» y que luego continúa con ímpetu lacrimógeno y habla de la amada que lo cambia por otro sin saber que nadie jamás la amará como él la ama y ni la radionovela de las 2 de la tarde acumula tanto almíbar en un mismo espacio. Y a santo de qué viene esta mezcla de tifón y cursilería. Pues resulta que Alejandro, que no sabe cuándo estarse quieto, tomó los veinte versos (sin canción desesperada) que componen ese texto a la vez infame y famoso titulado "Poema del renunciamiento" y los tergiversó de esta manera:

Poema del aspaviento

Pasarás por la isla sin saber que pasaste,

destruyendo en tu estela ciudades, caseríos,

edificios modernos, decrépitos bohíos,

será firme tu paso y tan triste el contraste

de lo que antes había y lo que ya no habrá

cuando dejes la tierra desahuciada y baldía

de dolores preñada, carente de alegría,

sin ser lo que antes era ni saber qué será

de las nobles campiñas que antaño pululaban,

del sabor de la caña, del murmullo del río,

del café que anunciaba el guateque, albedrío

de los pobres que el néctar con gusto delectaban...

Soñaremos entonces con futuros banales,

con vino y cornucopia, con banquetes celestes

y en un suelo plagado de plagas y de pestes
te nombraremos Único entre los temporales,
tormenta entre tormentas, de todos el tormento
—un tormento infinito, un tormento sin nombre,
tormento de la niña, de la anciana, del hombre—.
Te odiaremos con saña, soberano aspaviento.

   Y parece que el muy torpe dejó su libreta de apuntes olvidada como a una muñeca fea en el pasillo central —o en alguno de los pasillos aéreos o al pie de la cafetería o vete a saber tú dónde, que no en balde el Ale no se acordaba y por eso la perdió— y esta fue a dar a las manos del oficial de guardia, que no era otro que el teniente Lombardo, que se dio gusto leyendo el poema a la mañana siguiente en medio del matutino y al concluirlo preguntó que a quién correspondía la insolencia y que si el autor no aparecía en el acto la escuela entera se quedaba sin pase y antes de que nadie chistara el Ale dio un paso al frente y dijo que no hacía falta dejar a la escuela sin pase por cuenta de una sátira a un ciclón y que cuál era el problema con el poema y desde la tarima le llegó la respuesta: que eso era un texto contrarrevolucionario, que se veía clarita la intención de ridiculizar a nuestro comandante y que si él pensaba que uno era bobo y Ale contestó que la idea contrarrevolucionaria estaría quizá en la cabeza de Lombardo, que ahí en ninguna parte se hacía referencia a Fulanito (no le dijo Fulanito) y que sólo se hablaba de un paisaje destrozado por un huracán y que si el teniente pensaba que eso era Cuba después de Fidel que entonces escribiera él mismo su propio poema, que ese sí que sería intencionadamente contrarrevolucionario. Y, muchacho, en ese momento se podía escuchar el vuelo de las silentes mariposas.

Y el careo pudo haber alcanzado cotas mayores, pero en esas llegó a la plazoleta e intervino en la controversia el director de la escuela, el coronel Genaro Cuadras, un tipo que debe ser muy inteligente o maquiavélico o ambas cosas en su justa proporción pues es el primer oficial de su rango que conozco —¡y mira que yo conozco militares!— que combina armoniosamente y sin contradicción visible las estrellas de su grado con el color azabache de su piel, y el dueño de los caballitos preguntó que qué estaba pasando aquí y con un pragmatismo que tiene que haber aprendido en la campaña dijo que ese no era ni el lugar ni el momento de ventilar aquella desavenencia y ordenó al teniente y al camilito por igual a que lo esperaran en su oficina. Y cuando Ale salió de la formación yo lo seguí y el que corta el bacalao me preguntó que quién me había dado vela en ese entierro y yo le dije que prefería comunicárselo en su oficina y ya en esta junto a los otros tres implicados en el juicio sumario, le expliqué que el funeral era mío también, pues yo había pasado en limpio los versos y ellos notarían más tarde o más temprano una caligrafía distinta en el cuaderno de notas y de ninguna manera podía permitir que le preguntaran a Alejandro de quién era aquella letra pues con toda seguridad él se negaría a delatarme y entonces se estaría echando más tierra encima de la tumba que se había cavado y ya tenía bastante con que lo estuvieran acusando de diversionismo ideológico por una sátira que le escribió a un ciclón. Y ahí mismo el coronel demandó que le enseñaran el texto de marras y le dio una lectura rápida y luego otra y al culminar la tercera, que fue en alta voz, no pudo evitar una sonrisa y soltó un «qué jodedorcito nos ha salido Romero» y el teniente no salía de su asombro cuando su superior le dijo que no había forma de demostrar sus sospechas, que sí, podía estarse refiriendo a nuestro comandante, pero que eso estaba en el terreno de la interpretación y que si el autor lo negaba, entonces era su palabra contra la de él y que mal que le pesara iba a darle el beneficio de la duda al alumno y antes de que el Ale pudiera dar la vuelta olímpica para festejar esta victoria contra las huestes de la imbecilidad mundial, lo cortó con la noticia de que, de todos modos, se iba a quedar sin pase por los cargos de irreverencia, atribuciones indebidas y réplica a un oficial, por haber confrontado a su teniente y por haberlo hecho en público y yo iba a interrumpirlo diciéndole que Ale no había replicado con intención de faltarle el respeto a nadie sino que simplemente respondía a Lombardo que había pedido que el dueño de la libreta saltara al ruedo, pero el coronel que —cuentan— es más alto, más sabio y más misericordioso, me salió al paso con que no había terminado y que en su presencia las alumnas hablaban cuando las gallinas meaban y que si yo había visto alguna gallina meando por ahí, no, verdad, entonces, que me callara la boca que ya tendría tiempo de desgañitarme los próximos cuatro fines de semana que me iba a pasar en este recinto, por meterme en donde no me habían llamado, pero que no me preocupara, que al menos no me quedaría hablando sola, que mi compañero de lucha, Alejandro Romero, recibía igual sentencia. Luego nos dijo que se había acabado la audiencia, así que podíamos retirarnos y al salir nos quedamos pegaditos a la puerta y escuchamos como el coronel le decía a Lombardo que si él quería dejar a su pelotón sin pase durante un fin de semana, bien, pero que no amenazara a la escuela entera, porque el no tenía autoridad para eso y amenaza no cumplida es papelazo garantizado, pero además, si le quitaba el pase a los treinta alumnos del grupo bajo su mando, cómo iba a hacer para alimentarlos, que Capdevila no tenía comida para abastecer a tanta gente durante los fines de semana y que si él tenía pensado donar sus frijoles para tal empresa, adelante, pero que de lo contrario no volviera a presumir con tales castigos, que eran castigos tanto para los alumnos como para el personal civil bajo su mando, pues los cocineros que se alternaban sábados y domingos venían esos días exclusivamente a dar de comer a los cuatro o cinco del grupo de guardia y los diez o quince castigados de toda la escuela y que una cosa era una persona cocinando para 15 y otra la misma persona cocinando para cuarenta y cinco y que era cierto que los empleados civiles también eran sus subordinados, sin embargo, bueno es lo bueno, pero no lo demasiado y al amigo y al caballo no cansarlo y por qué será que en este país todo el mundo habla en refranes, tú, y que no volviera a tomarse atribuciones indebidas que Lombardo sería un oficial nuevo en Capdevila, pero que no quisiera venir a inventar la rueda, que la próxima vez que se pasara de rosca quien se iba a quedar sin pase era él, con sus grados de tenientico y su bigote y todo. Y Ale y yo aguantamos la risa y salimos echando un patín al escuchar a Cuadras decirle que podía retirarse.

Lo bueno de todo esto no es lo malo que se está poniendo, muchacho, sino que no son acumulables los reportes que aparecen en la tarjeta que debo llevar conmigo a todas partes y que alguna vez fue blanca y ahora tiene más tinta que un calamar en su jugo. O sea, que si desde el jueves de la semana pasada al de esta tengo, digamos, un reporte por moverme en firme, uno por llegar tarde a formación, uno por bostezar en clase, uno por dormir en clase, uno por estar ausente a la gimnasia matutina, uno por estar ausente al primer turno de clase, uno por cuchichear después de que se ha dado el silencio, uno por fingir un dolor de cabeza, uno por quedarme dormida en mi segundo turno de guardia, uno por apariencia desaliñada, uno por falta de cortesía militar, uno por replicar a un oficial, uno por reincidir (en cualquiera de las faltas anteriores), uno por tener los cordones desabrochados, uno por cantar en la ducha y uno por falta de combatividad, por poner varios ejemplos concretos, todo este aluvión viene acumulando por arribita unos treinta deméritos, de los cuales en décimo grado sólo son necesarios trece para perder el privilegio de ir a casa el viernes, pero si ya hay un edicto del director que establece que yo de todos modos me quedo sin pase, ninguna de estas acusaciones tiene peso real y, de hecho, se me excusa de asistir a la corte militar donde se decide la suerte del resto de los mamíferos de mi pelotón y, ya de paso, me excuso yo misma de tener que hacer esos ejercicios de calentamiento para empezar el día y de tal suerte es cierto que no me sacudo la modorra inicial, pero tampoco tengo que vérmelas con el frío que se gasta en las mañanas en el descampado en donde está enclavada esta dichosa escuela, que a lo mejor los profesores de educación física y varios de los oficiales masoquistas a cargo de este campo de concentración —es un campo y estamos concentrados, así que no me vengas con corrección política, Esporádico— en el que paso, al menos, cinco de cada siete días, pensarán que no existe mejor forma de comenzar la jornada que ejercitando y despertando los músculos en la mitad del campo de futbol que todavía no se ha convertido en un sembradío, o en las barras paralelas del gimnasio al aire libre, o haciendo atletismo de uno a otro lado de la extensa área de formación, pero a mí, sin gastar un sinfín de neuronas se me ocurren veinte maneras mucho más felices de empezar la mañana y así mismo se lo dije cuando vino a despertarme el día después de que el mandamás dictara mi condena a un mes sin ver La Habana a mi jefa de escuadra, que es chivata de vocación y granuja en los dos sentidos de la palabra —tiene la cara que parece un guayo y no por gusto los varones le cantan que la yuca se les está pasando— y le sugerí que en lo que restaba de enero ni se molestara en detenerse en mi litera que ya el daño estaba hecho y me habían castigado sin merecerlo, así que me tocaba a mí y me iba a tomar la licencia de cometer el crimen después de que me hubiera cubierto con su manto la justicia revolucionaria. Y me pasé treinta días sin ver las luces de la capital, pero por lo menos mientras viví mi encierro involuntario me ahorré bajar a formación el noventa por ciento de las veces y crié fama y me acosté a dormir y me despertaba a las siete y media de la mañana, a pocos minutos para que se acabara el desabrido desayuno y me presentaba al comedor sin mi pelotón y luego de dispararme ese vaso de leche insípido cuyos ingredientes superan en misterio al hundimiento de la Atlántida y después de comerme el mendrugo de pan con mantequilla, convoyado con casi una jarra entera de agua para ayudar a que me bajara al estómago aquel mejunje, me iba directo al aula y me perdía la perorata matutina y mientras tanto hacía las tareas que no había podido terminar para las clases del día en cuestión o hablaba con Ale que había adoptado mi modus operandi y cuando los protestones de mi grupo empezaban a murmurar que si Penélope se creía la reina de las nieves yo les respondía que quien quisiera quedarse un mes sin pase que ocupara mi lugar, que yo con gusto participaría en el resto de las actividades escolares y me iría el viernes a casa y si nadie estaba dispuesto al canje entonces que no hablaran más cáscara de plátano y desencarnaran que no estaba yo para chismecitos de comadres.

Ya que estamos, déjame decirte que en los camilitos de Capdevila han dado con la fórmula más efectiva para lograr que, como dice George Lucas, una se pase al lado oscuro de la fuerza. Porque todo cuanto tienes que hacer para crear un desafecto es poner a una criatura inocente (que yo me hago la maldita, pero no mato una mosca) y dejarla que conviva y coexista con lo peorcito de la escuela (que es, por supuesto, lo mejorcito de la misma): los muchachos de doce grado, cuyos castigos respondían al hecho de que se habían fajado a trompones con tal o más cuál capitán, o que habían sido atrapados en su enésimo intento de fuga a la vocacional Lenin, que no queda cerca ni lejos, pero cuya proporción de alumnos y alumnas es inversa a la de esta escuela militar y por tanto abunda la falda y el amor por el uniforme verde olivo, o con un par de estudiantes a quienes un oficial de guardia había descubierto en medio de la madrugada atracándose de helado y papitas fritas, dentro del almacén de alimentos, que está a su vez dentro del comedor, lo que implica haber burlado al menos a una posta y luego haber abierto una puerta y forzado un candado, o al loco de Humberto Morán que se coló en el cuarto de armamento y sacó una AKM con su respectivo cargador y se fue al campo de tiro también en medio de la noche y encendió sus luces y se acomodó en el piso y ajustó la mirilla y soltó una ráfaga con balas de verdad que por suerte o designio divino no acribilló a ninguna de las parejitas que escogen esa zona para manifestar sus amoríos, pero sí despertó al campamento en vilo y el corretaje que se armó fue de Pompeya y Herculano a raíz de la erupción volcánica y claro que por mucho menos que esto basta y sobra para botar (con b larga) de la gloriosa Escuela Militar Camilo Cienfuegos de Capdevila a cualquier alumno, pero en esta granja unos animales son más iguales que otros y todos estos muchachones caen en esa categoría, hijos de papá, con sangre tan azul como las franjas de la bandera, que el padre que menos rango tiene de este grupo de vándalos revolucionarios es teniente coronel y los más son generales de una y dos estrellas y hay hasta su hijo de viceministro de relaciones exteriores y todo en esta bachata y entonces el escarmiento que le da el alto mando de Capdevila es dejarlos sin pase tres o cuatro fines de semana mientras les advierte que en la academia de cadetes otro gallo cantará y los bandidos responden que sí, está bien y se limpian con la noticia y con esta crema y nata del crimen adolescente nos dejaron a mí y a Alejandro en las largas noches de los fines de semana del primer mes del año y cuando estos personajes históricos vieron que nosotros éramos gente con swing, como canciones, nos adoptaron bajo su manto y nos enseñaron a colarnos en el comedor (que por demás no requiere de ningún truco especial, pues ellos tienen la llave) y en el almacén que hace las veces de despensa de la escuela y hasta nos metimos en par de ocasiones en el cuarto de armamento, que está al doblar de la oficina del coronel Cuadras, y cuando entramos en confianza nos confesaron que, por el simple hecho de joder, han sacado de ahí en más de una ocasión una pistola y se la han llevado para sus parrandas nocturnas de fines de semana en la capital, o se han lanzado a campismos y guerrillas (que estos sí que tienen obsesión de *rangers*) con el hierro caliente y que han devuelto el arma a su cubil al regreso del pase, los domingos en la noche, escurriéndose de nuevo en el cuarto de armamento y que nadie en Capdevila ha reportado una Makarov ausente del arsenal en las tres o cuatro instancias en que han probado el desfalco. Y que les dieron ganas de matar a Humbertico la noche que tomó prestado el fusil de combate para ponerlo a cantar en el campo de tiro y que la cosa terminó en alarma general, pues el bárbaro se había fumado un cigarro de los cómicos y el vuele le dio por creerse que era Rambo y por poco les jode el secreto, que ellos sabían a salvo con nosotros, pero que por eso había que mantenerse fuera del local de las municiones por un tiempo, para no tentar la suerte. Y Alejandro y yo andábamos con las quijadas que nos daban al piso, aún sin entender muy bien si nuestro estupor se debía a la inmunidad (o impunidad) con que actuaban estos seres que estaban más allá de nuestras nociones del bien y el mal, o al hecho de que hablaban de unos cigarros cómicos que intuíamos de qué se trataba, pero nos resistíamos a creer que la belleza fría de María había logrado inmiscuirse en las vidas de los habitantes de nuestro antro revolucionario, o si lo que más nos chocaba era la evidencia de que, al margen de todos los turnos de guardia que se le asignaban al alumnado en pleno, una pistola podía desaparecer de una oficina que estaba a cinco pasos de la del director y, por ende, abandonar la escuela y regresar a la misma dos días después sin mayores consecuencias.

Por tanto, como para aprender hay que practicar y ya que el cuarto de armamento estaba vedado hasta nuevo aviso, todas las noches de los cuatro fines de semana de nuestro encierro nos colamos en el comedor y nos dimos banquete tras banquete y te preguntas por qué sigo flaca y a lo mejor la respuesta es una solitaria que me está comiendo por dentro o que tengo un metabolismo que funciona a su aire y no le hace mucho caso a lo que entra por esta boca o qué sé yo, Espóradico, no me interrumpas más. ¿Qué quieres que te diga en mi defensa? ¿Qué repita aquello de ladrón que roba a ladrón tiene mil años de perdón? Sí, porque yo estaría robando comida, pero a mí los caciques de Capdevila me habían robado mi tiempo de pasear por La Habana en el invierno, de estar con mi familia, de discutir con la petulante de Tatiana, de reconciliarme con la testaruda de mi madre y de paso explicarle que quizá es buen momento para buscar otra escuela, preferiblemente el Preuniversitario Saúl Delgado, que está a menos de diez cuadras de 25 y G y no es ni interno ni militar, porque a este paso, como van las cosas, con las amistades que he hecho y las indisciplinas que se me seguirán imputando en lo que queda de curso no creo que vaya a terminar estos tres años de purgatorio en los camilitos de Capdevila. Además, ya de pensar en la escuela se me revuelve el estómago. Es que en estos fines de semana, con los muchachos de doce grado y Alejandro de ángel guardián aprendí a beber y déjame decirte que cada vez que aparecía una botella bebíamos como si el mundo se fuera a terminar con cada trago. No es justificación, pero para soportar aquel encierro forzado era imprescindible un estado mínimo de ebriedad. Y por culpa de esta ebriedad no recuerdo de quién fue la idea —quién quedaría, oh, de autor intelectual del asalto a las reservas de comida—, pero me consta que actuamos en plan Fuenteovejuna: ¡todos a una! El atraco fue hace dos sábados. Parece que por dificultades logísticas o por una simple avería —que no nos dieron ni pedimos pormenores del caso, que la mierda mientras más se revuelve más apesta—, el camión que trae la comida los fines de semana brilló por su ausencia en la tarde del viernes antepasado y esa noche comimos raspa de arroz con unos chícharos indigeribles y una sopa de gallo que para tu conocimiento californiano es agua con azúcar prieta y a eso de las diez estábamos con un hambre que cualquiera de nosotros, cómodamente, podía haber cantado "El manisero" en búlgaro con tal de agenciarse un plato de comida y ya a la medianoche decidimos que de los muertos por inanición tampoco se ha escrito mucho, así que nos dimos cita en el comedor y en su interior nos adentramos en el cuarto que tiene ese cartel admonitorio que dice "Reservas: Opción Cero" y al amparo de la madrugada y con el ruido de nuestros estómagos como banda sonora, el candado no tuvo que volar por los aires pues la misma llave que nos daba acceso a la cocina lo abría y para nuestra continua sorpresa y deleite, en lugar de telarañas y roedores raquíticos encontramos un cargamento de latas de leche evaporada, del que, como ha de resultar lógico, consumimos una discreta porción de inmediato —en estado casi febril (esto lo confirmaríamos más tarde)—, en medio de aquella larga noche láctea.

A la mañana siguiente, la mierda daba al techo. La oración anterior no es metafórica, Esporádico. Y perdóname que me ponga escatológica y que al hacerlo use tantas esdrújulas, pero no olvides que eres un diario que da cuenta de mi vida y mi vida transcurre en Cuba y acaso puedes imaginar cloaca más sublime para el alma divertir. Te decía que una epidemia de diarrea se desató entre los asaltantes a la cocina. Por suerte éramos pocos, que si no los baños de toda la escuela no habrían dado abasto. Los deshidratados iban y venían. Tuvimos que colarnos en la enfermería y auto-medicarnos pastillas de sales hidratantes que fueron repartidas (por primera vez) con carácter democrático. Y el oficial de guardia, un capitán que es un bofe, pero que por suerte también es medio bobo, nos había mandado a que nos diéramos un brinco al huerto y trajéramos algunos tomates y un par de coles para alegrar y darle algo de color al almuerzo de ese día y le buscamos los dichosos vegetales para que no jodiera más, pero todos sin ponernos de acuerdo nos negamos a probar bocado, que cuando el mal es de cagar no valen las hortalizas. También le pedimos permiso al oficial para no asistir a la retreta de las seis de la tarde frente a la bandera y el busto del Martí de cera (ay, se me fue otra rima), que no nos sentíamos muy bien y él a decir que ya lo había notado y a preguntar que a ustedes qué les pasa y nosotros a echarle la culpa al exceso de aire en los chícharos. Y ahí lo tienes, querido, ¡actividad patriótica suspendida por mierda! ¡Hurra! ¡Qué gran imagen revolucionaria! Ah, no hizo falta ningún personaje de Arthur Conan Doyle para develar el misterio del caos intestinal, que ya te dije que la despensa de marras guardaba lo que los dulces guerreros cubanos conocen como reservas de guerra. Pero esto lo confirmaríamos luego, cuando Humbertico se apareció con la evidencia: en el fondo de una de las latas recién consumidas, la fecha de vencimiento databa de agosto de 1970. No me digas que tengo mala leche, que razón no me falta: la susodicha tenía mi edad y me llevaba dos meses. Y así no hay quien viva, cariño, y si con esos bueyes nos toca arar, repite conmigo: ¡a correr, liberales del Perico y al carajo, albañiles, que se acabó la mezcla! Socialismo o muerte: ¡cagaremos!

[28 de febrero de 1996]

Dado lo peliagudo de las circunstancias, no me parece apropiado decirle que ha sido un placer conocerla, señora, pero sí le reitero que lamento mucho el mal rato que le deben haber hecho pasar con este enredo y le deseo de todo corazón que su hija, quienquiera que sea esa tocaya mía y dondequiera que esté, se encuentre sana y salva y que algún día le dé noticias suyas. Adiós. Abur. *Shabbat Shalom.* ¿Pero qué está pasando aquí, teniente? ¿Hemos saltado de cuartucho de interrogatorio a motel de paso? En efecto, la decoración no ha cambiado un ápice. Lo digo porque no acaba de salir una señora y sin que le dé tiempo a anunciar la vacante ya viene entrando un señor. Oh, perdón, un compañero, sincero, de donde crece la palma. Eh, le hizo gracia el chistecito. Bueno, ¿y a qué le debo el honor de que este caballero haga acto de presencia en local tan aciago? Ah, no es un caballero cualquiera. Así que estoy ante otro teniente, teniente. Perdone la confusión. Es que como va de civil no sabía si lo habían traído por la fuerza como a la madre de la tal Penélope Díaz o si había venido por decisión propia. En fin. Si tiene algo nuevo que preguntarme, adelante. De lo contrario, ojalá tenga usted la autoridad como para agilizar este proceso, que ya llevo cuatro días caminando en círculos dantescos. De cualquier modo, insisto, el gusto es mío. ¿Cómo dice que se llama? Mire eso, si hasta tiene apellido de planta aromática. No, no se lo tome a mal. Seguro que es un buen augurio. A lo mejor hace florecer lo infértil de este desagradable tinglado. Quedo entonces a su disposición, teniente Romero.

[Fin de la transcripción].

Sábado, 28 de febrero de 1987

Ay, Esporádico, ya sé que tienes sobrados motivos para quejarte por mi falta de sistematicidad, pero más motivos para quejarme tengo yo, que mientras tú vives en el relativo confort de las entrañas de mi colchón y nadie se mete contigo ni te hace preguntas impertinentes ni te acosa con esa pasividad agresiva que lo corroe todo en este limitado universo nuestro, yo no hago más que pisar tierra hostil, que cuando el disgusto no es en la escuela, es en la casa o si no en la calle y cada vez se me reducen más los espacios y cada minuto que pasa menos sentido le encuentro a vivir y no me interrumpas con tu alarmismo oriundo de California, que no me dejaste terminar la frase, que estaba escribiendo que menos sentido le encuentro a vivir *aquí*, y el aquí ese es como la bruma, que nunca se puede distinguir bien dónde empieza y dónde termina. Para saciar tu infinita curiosidad: la semana antepasada y la anterior sí salí de pase, pero el desgano, el berrinche, la tan cacareada falta de tiempo, la desilusión, toda la energía que gasté discutiendo con mi madre y mi hermana, que lobas de mar que son han decidido caerme en pandilla, o las horas empeñadas en encontrarme un techo bajo el cual pueda acopiar un poco de tranquilidad y donde no me hostigue ni la policía, ni los militares, ni mi familia que es tan o más castrense que estos dos grupos juntos, o la mezcla diabólica de todos esos truenos hizo que no me quedaran deseos de tomar este bolígrafo que ya casi ha perdido la tinta para sentarme contigo en el regazo a desgranar en tus páginas el resto de mi vida o, para mayor precisión, los restos de mi vida, que es más y más una zona de desastre, cuyas ruinas en ocasiones pienso que no valen la pena que sean llevadas al papel. Porque tus folios me han servido de analgésico en medio del sinsentido imperante que en mi caso se reduce a un triángulo formado por los estrictos reglamentos de una escuela para futuros novios y novias de una patria socialista que se enfrasca en inventar el Hombre Nuevo, pero no conoce los ingredientes de la fórmula y en su desenfreno ha creado un gólem terrible, un Frankenstein que envidiaría Mary Shelly, un monstruo sin precedentes que todo lo destruye porque todo lo abarca, o el segundo lado de esta nefasta figura geométrica que es la turbulencia de cohabitar en un apartamento de un solar vertical del Vedado en el que dos adolescentes, una mujer y una anciana sobreviven la escasez con malos tratos, chantajes, amenazas emocionales y otras delicias de igual o peor naturaleza y entre cuyas paredes he optado por pasar el tiempo encerrada en mi cuarto asomada a la ventana desde la que he sido testigo del salto hacia el vacío y el silencio que sin excepción les ha esperado en el asfalto a varios estudiantes de medicina del edificio de enfrente y al presenciar el vuelo de este o aquel Ícaro he pensado en esa solución rápida y la he descartado al instante y entonces he salido a una calle cualquiera de esta ciudad que con su escasez abrumadora y su sobreabundancia policial es la hipotenusa de mis problemas y de la que desde ya mis pasos anhelan alejarse y qué mejor manera de hacer descompresión que contándote las frustraciones cotidianas, querido, pero abrir tu cubierta y descubrirme ante ti también tiene sus lados flacos, pues me obliga a buscar algo relevante que decir y cuando vives una vida irrelevante en un lugar cada vez más irrelevante, qué vas a decir que ya no haya sido dicho y cómo lo vas a decir y a quién irá dirigida esa botella que no lanzas al mar sino que ocultas entre los muelles de tu cama y, como por el momento la única lectora es quien te escribe, al releerte y leer entre tus líneas que revelan tanto como ocultan se me han quitado las ganas de seguir espiándome a mí misma para luego dejar estos pedazos de mí en tu interior que es, ya lo sabes, amigo, el tronco del árbol en el que una niña grabó su nombre henchida de dolor.

A principios de mes la relación con Alejandro se enfrió un poco por cuenta de los celos malditos celos y de que a Humberto le dio por sentarse a hablar conmigo en más de una ocasión y Ale que es el perro del hortelano y no come ni deja comer me insinuó aquí y allá que si lo tenía abandonado y yo de inmediato a contestarle que se dejara de chiquilladas, que el hecho de que me pusiera a hablar con el Humbe no significaba que habíamos dejado de ser amigos. Y se le pasó la bobería al cabo de una semana y pico, pero mientras tanto me trató de cero a la izquierda y en esos diez días aproveché para compenetrarme con el hijo del general, no, chico, no hubo nada de sexo, pero sí mil confesiones y si crees que yo la paso mal en casa enfrentándome a las dotes de hiena de Tatiana o a la balanza rota de mi progenitora, tendrías que escuchar a Humberto, que no puede ver a su padre ni en pintura porque el personaje es un cerdo y estas son sus palabras no las mías y al tipo parece que le gusta empinar el codo y cuando se pasa de tragos, que es con frecuencia, le da por pegarles a su esposa, a su hija y a Humbe, con lo grandulón y lo fuerte que está él, y el pobre lleva años pidiéndole a la madre que se divorcie de esta bestia peluda, pero ella insiste en que el león no es tan fiero como lo pintan y que si lo mira bien la situación no es tan mala, que tienen la estabilidad de un hogar en Nuevo Vedado y, por si fuera poco, acceso anual a un envidiable retiro destinado a los jerarcas militares en Varadero y que ante la queja de que la playa donde nuestras arenas son más finas está en casa del carajo tiene como respuesta la membresía de la Casa Central de las Fuerzas Armadas Revolucionarias (vulgo FAR), cuyas aguas colindan con las del Hotel Comodoro y que está ahí mismito, a un salto, a diez minutos en el Lada, pasando la odiosa embajada rusa por allá por Primera y Setenta y que, si quiere desconectar, nada como el arrullo de las olas y que se dé un brinco a la dichosa Casa Central y saque un bote y reme un rato para que se le vaya esa tensión o que le diga a alguno de los civiles (que no son tales) a cargo del centro que le dé una vuelta en una de las lanchas para que con la brisa chocándole en la cara se le vayan los malestares y Humberto le ha hecho caso en alguna que otra ocasión, pero esa lancha que tumba y retumba sobre las aguas no hace sino exacerbarle el enojo y la última vez que la madre le salió con esta excusa ensayada ante el espejo, Humberto le contestó que si eso era lo que ella valía: una casa de cinco cuartos, una playa exquisita, un poco de arena fina, la pertenencia a un club de hombres que invariablemente les pegan a sus mujeres y no pudo seguir enumerando el listado de las cosas que la hacen seguir con su marido pues en ese instante la ofendida le sonó una bofetada y le dijo que más respeto y que con quién se creía que estaba hablando y el Humbe dio un portazo y salió a la calle decidido a encontrar una alternativa a su vida. Y por eso es que es tan irascible y al primer asomo de desacuerdo ya se quiere ir a los puños, por la rabia contenida, por ese parricidio no consumado que lleva dentro, que no lo deja dormir y que lo impulsa a hacer una diablura tras otra en la escuela para que lo boten (con b larga) y así traerle su buena dosis de deshonra al brigadier y como en Capdevila ningún oficial se quiere meter en la candela de expulsar al hijo de un compañero que tiene una estrella dorada sobre los hombros le han permitido de todo y cuando el Humbe comprendió esta estrategia del alto mando de los camilitos entonces optó por abusar del rango de su general, para que lo dejen sin pase constantemente y así no tener que verle la cara los fines de semana a su padre, que practica boxeo con su familia, y a su madre que es un *punching bag* de carne y hueso. Y es tanta y tan incontenible su impotencia que por eso aquella noche que hizo cundir la alarma general tomó prestada la AKM y se fue a soltar en cada ráfaga su ira. Y gracias a ese tiroteo inoportuno fue que entablamos esta amistad, con el telón de fondo de los fines de semana que pasamos castigados en ese antro del dogma y la mala idea que es Capdevila, y en esos días de charlas incontables comprendimos que tenemos en común algo que no comparto con Alejandro —y que él se niega a entender por más que se lo explique— y es que ni Humbe ni yo nos sentimos a gusto en ninguno de nuestros hábitats y quizá por eso una tarde sabatina mientras compartíamos el mismo ron peleón de siempre y aprovechando que Alejo se había fugado con la colecta del poco dinero que nos quedaba y la misión de comprar con este una segunda botella de alcolifán y cigarros y algún dulce para entretener muelas y estómagos, Humbe me comentó que quería desaparecer de este mundo y yo le dije que lo cogiera suavecito, que la cosa no era para tanto y ahí mismo se atoró con aquella pócima que bebíamos y soltó al unísono un escupitajo y una carcajada y se le pusieron los ojos rojos y me dijo que el alcohol se le había ido por la ruta del socialismo y yo le respondí que no lo entendía y me aclaró que estaba hablando del camino viejo, que se había atragantado pues le había hecho gracia mi alarmismo (muy similar al tuyo, dilecto Esporádico), que cuando dijo que quería desaparecer de este mundo, se refería a este mundo físico, pero que no me asustara que él no era de esos rosacruces que estaban emergiendo ahora por todas partes y que salían a buscar el nirvana y a los pocos días aparecían muertos en la sierra del Escambray, en el valle de Yumurí o en cuanto paraje recóndito uno pudiera imaginarse, pues para él, el dichoso mundo físico era su casa, donde la violencia doméstica estaba a la orden del día y su ciudad, donde la policía lo arrestaba constantemente (Humbe si es negro negro) para luego soltarlo al comprobar que era, tal y como decía ser, el hijo de un general. Y yo le dije que me hablara claro, que me estaba dando vueltas, vueltas y vueltas y vueltas en el aire y fue ahí que me dejó caer que se quería ir del país y entonces fui yo quien soltó el escupitajo y la carcajada de una y le pregunté, por seguirle la rima, que quién no, y le recordé el chiste de que en Cuba todos los hombres son maricones y me dijo que no lo conocía y entonces le pregunté si le daría el culo a un hombre por cien dólares y frio un huevo y le dije que entonces por mil y volvió a chistar y cien mil e hizo una mueca y un millón y entonces me preguntó si sería una sola vez nada más y le dije que sí y me dijo que esa era una oferta difícil de rechazar y yo le contesté que maricones había, lo que faltaba era presupuesto y el muy guanajo se partió de la risa y me dijo que qué tenía que ver el culo con la llovizna (perdona la obsesión anal en este párrafo) y le contesté que todos los cubanos nos queríamos ir de Cuba, lo único que no siempre se presentaban las condiciones objetivas y subjetivas (como nos decían los profesores de historia) y él me dijo que las condiciones objetivas estaban dadas y que si quería irme con él que tenía una semana para decidirme. Y esto fue en la tarde del 21 de febrero, fecha en la que, para variar, a mí, a Humberto —y al buenazo de Ale, entre otras hierbas del jardín— nos habían sentenciado una vez más a no ver las luces de La Habana.

Irse del país. Faltaría más. Yo he querido desaparecer tantas veces del mapa. Pero *irme del país*. Dejarlo todo: la ciudad —atestada de esos contrarios dialécticos: los policías y los atracos nocturnos, pero que, a pesar de sus contradicciones puede ser entrañable—, la familia —gritona, insufrible, melodramática, pero familia al fin—, los amigos —esos entes volátiles, animales saciados de idas y regresos—, abandonar este exceso de confianza que emana —como la suspicacia— de todas partes, partir de este temor daltónico a comprar carne roja en bolsa negra y el subsiguiente placer al consumirla, huir de estos atardeceres rayanos en lo cursi que nos regala el malecón, fugarme de las olas que rompen en su dique, del salitre que me curte la piel, del sol que me la quema, de la música que se apodera de cada esquina, escaparme de esta obsesión nacional con desbancar a Capablanca de su trono de escaques, de las madrugadas de insomnio y parranda con el cielo de testigo... Son estas y no otras cosas las que conforman mi noción de patria, querido. Quien te diga lo contrario te estará mintiendo descaradamente. Quien te hable del amor a la patria, estará hablando del amor a cierta gente, al aroma indescriptible de una casa, al sabor de una fruta. El resto, inestimable artefacto, es artificio. Así que cuando el Humbe me comentó que quería irse de esta mierda de país que yo quiero tanto comprendí con horror que todo esto que menciono lo podía dejar atrás en un abrir y cerrar de ojos. Saltar al vacío y empezar de cero. No te voy a ocultar que esta constatación me embargó en una tristeza hasta entonces desconocida. Le pregunté que para cuándo tenía pronosticada su fuga y me contestó que quería irse con luna nueva, cuyo próximo ciclo empieza hoy, y ya a estas alturas yo sabía que Humberto no estaba jaraneando y le pregunté si tenía en qué irse y me respondió que él se iba hasta en una caja de fósforos, pero que felizmente no había que recurrir a tal extremo y que disponía de una lanchita a motor que con algo de suerte, sin temporales ni encuentros con el guardacostas, nos pondría en menos de cinco horas en suelo norteamericano. Y yo le pregunté si estaba fumado. Y me dijo que no, que nunca antes había estado tan claro en su vida. Y cuándo quise indagar de dónde saldría la dichosa lanchita me dijo que por mi bien prefería mantenerme al margen de los planes. Y que si quería irme con él (ahí me confesó que no quería irse sólo) que fuera a buscarlo mañana, domingo, 1 de marzo de 1987, entre la una y las dos de la tarde. Y me advirtió que el umbral de su casa era el punto de no regreso. De ahí partiríamos rumbo al horizonte. Me gustó eso de salir rumbo al horizonte. Suena un poco cursi, pero tiene su aire conclusivo. Parece invocar un final feliz. Ay, ¿dónde está Hollywood cuando una lo necesita tanto?

Esa noche de sábado —con su cortina gris, hoy todo el mundo parece feliz; canta conmigo, Esporádico; ahoga las penas—, quién iba a estar de oficial de guardia en Capdevila si no el hijo de la gran puta de Lombardo. Luego de mi diálogo con el Humbe —que tuvo lugar durante una caminata por la destartalada y distante cancha de fútbol— y poco antes de la hora de comida, el ubicuo teniente me sorprendió fumando en la parte trasera del gimnasio. Yo, que fumo de Pascuas a San Juan. Pero el tipo no me puso el esperado reporte por meterme nicotina en los pulmones ni mucho menos, es más, se mostró tan amable que me hizo sospechar de sus intenciones. Resulta que después de mi charla con Humberto y ante la ausencia de Ale que aún no había regresado de su misión logístico-etílica, me había ido solita en alma a esos apartados parajes con mi libreta de notas —donde tengo las canciones de Fito, pero no te pongas celoso, que tú eres único— a extirparme un poema. Lo digo así pues no era tarea sencilla versificar esa desazón que me había entrado desde que el hijo del general me invitara a desaparecer con aro, balde y pelota de la isla. Había terminado ya las dos primeras estrofas, que iban, más o menos, en este plan:

Tengo un perfil psicológico convencional:
asimilo la violencia y las costumbres viejas.
Adoro los gatos, más aun cuando son gatos.
Espero las mañanas en el parque.

Como a veces me alcanza el sol en mi costado,
me invento una escalera inmensa
para subir hasta mí misma.

Y en esas musarañas estaba cuando escuché una voz tan desagradable como inconfundible tarareando: «Penélope, con su bolso de piel marrón, sus zapatos de tacón y su vestido de domingo».

Lombardo. Me dieron ganas de explicarle al muy imbécil que un militar cantando canciones de Joan Manuel Serrat es, en el mejor de los casos, un despropósito y, en el peor de los casos, un contrasentido. Pero qué iba a entender el pobre. Tampoco hay que pedirle peras al mandril. Le pregunté si se le ofrecía algo y me dijo que hacía rato estaba por hablar conmigo y que me había dejado sin pase expresamente para darse la oportunidad de tener una conversación en privado y despejar la mala imagen que de él me había hecho. Antes de que pudiera protestar por lo arbitrario de mi castigo, que sólo ahora entendía, Lombardo mencionó a Nadiezka y yo le dije que no me tenía que explicar nada. Y él me dijo que lamentaba mucho que los hubiera atrapado de la forma en que los atrapé, durante la Previa. Y yo le dije que aquello no era asunto mío y me levanté e hice ademán de irme, pero me agarró por la muñeca y me dijo que él era mi oficial superior y a quién pensaba que le estaba dando la espalda y yo le dije que a un adulto vestido de civil, con un pijama a cuadros y esas ridículas chancletas de mete-dedo y él me dijo que el era teniente aún si estuviera encuero y con las manos en los bolsillos, a lo que respondí que entonces le estaba dando la espalda a un corruptor de menores, un tipo que se acostaba con adolescentes e hice por zafarme, pero él me dijo que me iba a ir cuando lo hubiera escuchado y sólo con su autorización y yo le contesté que el no tenía ninguna autoridad moral sobre mí y que si no me soltaba en el acto iba a empezar a dar gritos y acusarlo de que me quería violar y el muy HP dejó escapar una risa amarga y me dijo que podía dar todos los gritos que quisiera que nadie nos oiría en lugar tan apartado y que en el caso de que me violara (¡lo dijo así!) sería mi palabra contra la suya y a quién pensaba que le iban a creer, a un oficial de carrera, o a una chiquilla que se pasaba los fines de semana en Capdevila, castigada por indisciplinas de toda índole y le dije que si no me soltaba en el acto lo iba a lamentar el resto de su vida y ahí fue que me atrajo hacia sí e intentó darme un beso y cuando sentí ese bigote asqueroso restregándose contra mis labios comprendí que si no me espabilaba, de esa no me salvaría ni el médico chino, así que, casi al unísono, me separé de él, levanté la rodilla derecha y en lugar de incrustársela en los testículos, le encajé el tacón de mi bota Centauro en el dedo gordo del pie y el tipo pegó un grito que retumbaría en mi oído durante los tres próximos días y cuando el burlador burlado se dobló de dolor, y vi la uña completamente destrozada y el charco de sangre que comenzaba a teñir de carmín el pavimento recordé que siempre era preferible decir aquí corrió que aquí quedó y eché un patín que me lo habría envidiado Juantorena en las Olimpiadas y cuando llegué al pasillo central, me vi en la disyuntiva de seguir corriendo o hacer una escala en mi albergue y me detuve allí un segundo para recoger mi carné de identidad y el poco dinero que tenía y salí disparada y Humberto me vio mientras corría y me cayó atrás y me dio alcance cuando había bordeado la cocina y me dirigía al punto de control de pase de la entrada y me preguntó que qué había pasado y en medio del sobresalto y la carrera le pedí que me despidiera de Alejandro y de un tirón le comenté la última y le dije que me iba a casa y que fingiría una enfermedad y me quedaría la semana entera con mi familia y que si la invitación seguía en pie, posiblemente nos veríamos el domingo, en su casona de Nuevo Vedado, para salir andando al horizonte. Y acto seguido crucé la garita y el alumno que estaba de guardia me preguntó que a dónde creía que iba y le respondí que comiera pan y no comiera tanta mierda, que me iba a mi casa y a ver quién me lo iba a impedir y Humberto, al otro lado de la cerca le dijo que para detenerme había que vérselas con él y el posta le contestó que nada de eso era necesario: que él me quería libre, libre de otras penas y libre de sí. Y Humberto bajó la guardia y lo miró con una complicidad instantánea y tararearon al unísono: «La libertad nació sin dueño/ y yo quién soy para robarle cada sueño». Y yo casi sonreí y maldije el don de la ubicuidad de ese gran traidor que es Silvio Rodríguez.

Mi madre casi puso el grito en el cielo cuando me vio entrar a la casa. Quizá fue la hora y el hecho de que no me esperaba ese fin de semana. Faltarían unos diez minutos para las nueve de la noche, hecho que, si lo miras bien, no está nada mal. Había navegado con suerte en mi trayecto al Palace: primero me recogió un camión justo a la salida de Capdevila; el chofer me recibió diciéndome que era muy arriesgado para una muchacha tan joven y bonita ponerse a pedir botella en una carretera perdida en esos confines huérfanos de tendido eléctrico, máxime cuando ya había caído la noche. Y me regañó pues casi no me pudo ver cuando salí a su encuentro y por poco me pasa por encima, y en el berrinche momentáneo pensó hasta en no recogerme, pero él tiene una hija de mi edad y no le hacía gracia la idea de que un chofer cualquiera pudiendo darle un aventón la dejara tirada en esos parajes inhóspitos. En otras circunstancias, me habría puesto nerviosa al escuchar a un hombre que no conocía reducirme a joven y bonita mientras compartíamos la cabina del mismo camión, pero era tal mi desconcierto y tantas ideas se agolpaban unas con otras en mi cabeza y era tal el maremoto de cosas que tendría que explicarle a mi madre al llegar a mi hogar, dulce hogar, que me puse a descomponer las pocas alternativas que me eran dadas —irme de la escuela, pero no de la casa o del país; irme de la escuela y la casa, pero quedarme en Cuba; desaparecer—, así que le hice caso omiso a lo que decía mi compañero de viaje, que resultó ser un alma de Dios. Veinte minutos más tarde, al vislumbrar la avenida Rancho Boyeros —esa arteria que circulaba en teoría por última vez—, mi salvador me dijo que él doblaba derecha y yo le dije que me venía de perilla y el tipo se rió y ya completamente relajada, con las luces de la ciudad bañándonos de neón, empecé a hablar cual papagayo y no paré hasta el semáforo de la Ciudad Deportiva. Ahí el camionero volvía a doblar derecha, apartándose de una vez y por siempre de mi camino, así que le di un beso y un millón de gracias a esta alma buena que me había sacado del perímetro del infierno militar y salté del monstruo metálico al asfalto. Aún no había tenido tiempo a dedicarme a la conmiseración propia, cuando me recogió una compañera —me extrañó mucho ver a una mujer, negra, manejando, sola, a esa hora, y se lo dije y ella me contestó que más raro era ver a una jovencita, blanca, enfundada en su uniforme militar, pidiendo botella—, así que empezamos con el pie derecho. Y cuando le pregunté hacia dónde iba me contestó que a Nuevo Vedado, pero que con gusto se desviaría de su ruta para acercarme a la mía y yo le dije que me había caído del cielo y ella que no, que era atea, y yo que sí, que Marx me la había enviado y se rio y me preguntó que qué tal era la vida en los camilitos, que ella tenía un hijo y la interrumpí diciendo que había visto tiempos mejores y que si me hubiera recogido en otro momento le habría cantado las virtudes de la vida en campaña, pero que dadas mis circunstancias actuales —que no teníamos que abordar—, prefería no hablar de mi centro de estudios. Y cambiamos el tema y cuando vinimos a ver, estábamos bajando por la mal llamada Avenida de los Presidentes y nos aproximábamos a la parada de la 110 y la 174 y demás números de la eterna lotería que es el transporte urbano; le pedí que me dejara en la esquina de 25 y G y me confesó que ahí vivía una amiga de su hijo, pero que no recordaba el nombre y a mí no me sorprendió la coincidencia —es que ya nada me sorprende, Esporádico— y se lo dije y le di un beso y le aseguré que era el ángel del proletariado y le dije que si alguna vez se encontraba varada por estos rumbos, en el piso ocho tenía su casa y en mí a su servidora. Penélope, dije. Ariadna, respondió. (Otra Ariadna en mi vida, pensé). Y sonreímos: dos tejedoras griegas reunidas al azar en La Habana de finales del siglo XX.

Y es así que dos perfectos desconocidos esa noche desangelada me habrían de tratar mejor que mi familia. Estuve discutiendo —por mierdillas, en esta casa no se discute por otra cosa— desde que entré por la puerta hasta hace cinco horas —una semana después—, cuando me encerré a cal y canto en este cuarto para ponerte al día. Déjame comenzar diciéndote que mi madre al principio no me quiso creer lo del encarne del teniente Lombardo y el subsiguiente intento de violación en la parte trasera del gimnasio y sólo cuando le enseñé mi bota derecha —que milagrosamente conservaba manchas de sangre—, aceptó lo irrefutable. Pero eso fue bien entrado el domingo. Lo que quedó de la noche de sábado lo consumió en regañarme, en primer lugar por haberme fugado de la escuela —si ella supiera, que esa es la más leve de mis fechorías de camilita— y luego por haberme fugado a tan altas horas de la noche. Con lo peligroso que eso era. Y por más que le expliqué que quedarme en la escuela habría sido estar a merced del oficial, su pistola, su bigote, su erección y su pulgar del pie derecho destrozado, la testaruda mujer me ripostaba que si yo no sabía lo mala que estaba la calle y yo a responderle que si ella prefería que me violara un teniente a un desconocido y puáf, de la nada, una soberbia bofetada para que aprendiera a respetarla y me fuera a dormir en remojo.

El domingo la bronca se extendió a Tatiana, que había pasado la noche en casa de su novio y cuando regresó y no me vio en casa —me había ido al Malecón, a hablar con las olas, a ese punto me habían llevado—, pensando que seguía castigada en Capdevila, la muy hija de puta se comió mi pan. Y cuando volví a eso del mediodía y no encontré mis ocho onzas de harina mal amasada, que había comprado antes de irme a mi soliloquio con el mar y había dejado en la deprimente panera de la cocina, puse el grito no en el cielo, pero sí en el cajón de aire, para que lo escuchara todo Dios. Y mi madre salió de juez de paz, a interceder por Tatiana, que si la pobre no había dormido en casa, cómo iba a saber que yo estaba ahí y que era lógico que se hubiera comido mi pan. Pero ella me daba el suyo. Y yo que no, que se lo comiera, que yo no estaba pidiendo nada extraordinario: que mi pan era mío y sobre él conservaba todos los derechos. Y que se podría meter su pan en donde no le diera el sol. Y la segunda bofetada en menos de veinticuatro horas llegó puntual a recordarme lo rápido que se pasa del bando de los injuriados al de los culpables. Y Tatiana, apertrechada tras la autora de nuestros cubanos días, a decirme hasta del mal que me iba a morir.

Cuando las aguas hubieron tomado su turbio nivel —poco antes de la cena del domingo—, mi madre me preguntó si ya había hecho la maleta. Le dije que no iba a entrar al pase esa semana. Y que había optado por no engañarla a ella. No quería fingirle una enfermedad para que me justificara ante el profesorado de Capdevila. Tenía que apoyarme esta vez. Que llamara a la escuela y dijera que estaba enferma y tenía turnos en el médico. Eso me compraría algo de tiempo para organizarme y decidir cuán lejos estaba dispuesta a irme de este simulacro de vida. Y la mujer levantó el teléfono y llamó y habló con el oficial de guardia y le comunicó que la estudiante de décimo grado Penélope Díaz estaba imposibilitada de entrar al pase pues le había caído un catarro de proporciones antediluvianas y la voz al otro lado de la línea confirmó que, en efecto, la antedicha alumna figuraba en el registro de guardia del fin de semana como que el teniente Lombardo le había dado pase en la tarde del sábado pues no se sentía bien, y que él y el alto mando de los camilitos le deseaba que se mejorara y que cualquier cosa que se le ofreciera, quedaba a sus órdenes. Y esta movida de Lombardo en su intento por tapar el incidente me puso nerviosa y, gracias a ese truco del violador en potencia y la mancha de sangre en la bota, por fin mi madre me creyó.

Con lo bien que me venía quedarme en casa, tú. Hacía rato que no dormía una mañana, así que el lunes dejé que se me pegara la sábana y si por mí hubiera sido me habría dado el mediodía en cama, pero Tatiana, que es acojonante e irrepetible, mientras se arreglaba para irse a la escuela hizo todo el ruido posible con tal de despertarme. Es que me tiene mala voluntad. Roña, que le dicen. Te lo juro. Y el resto de la semana, mi querida hermanita me aplicó el mismo truco.

Total, que ya a las siete y media estaba en pie, sin nada que hacer, excepto pensar una y mil veces en la invitación de Humbe, en la remota posibilidad de irme de aquí, la fantasía de vivir sin el asedio y el cariño asfixiante de mi familia, sin el asedio y el cariño igual de asfixiante de mi gobierno. Te confieso que le tengo pánico a la idea de partir, pero me provoca tanto o más pavor la idea de quedarme en esa muerte a plazos que es vivir entre estas cuatro paredes, en esta isla y su maldita circunstancia de la sospecha por todas partes. Por lo demás, al menos mi madre me dejó en paz un día. Ya el martes decidió empezar los trámites para mi traslado a mitad de curso para el Saúl Delgado. (Si le hubieras visto la cara a mi hermana cuando escuchó que íbamos a compartir escuela; ya sé que ella es tres años mayor que yo y debería estar en la universidad, pero en la aventura angolana perdió un curso escolar). Yo, por supuesto, le seguí la corriente a mi madre, pues no me quedaba ninguna salida, y si algo está claro es que no puedo regresar a Capdevila a otra cosa que no sea recoger mis matules, firmar la baja y dejárselas en la uña (ja ja) al teniente y sus huestes. Por suerte mi madre tiene una amiga que es doctora del Hospital Pediátrico Pedro Borrás —¡un pediatra, a estas alturas!— y esta nos resolvió un certificado médico que dice que desde la infancia soy alérgica al polvo, a la humedad y a los mosquitos —¡di tú!— y que las crisis se han exacerbado en estos meses de vida becada en medio de los montes verdes. Ese salvoconducto —que, como dicen los viejos, papelito habla lengua— agilizaría todo el papeleo en ambas escuelas y así no tendrían que reflejar en mi expediente una expulsión, o que me rajé (como los cristales), sino que me fui por problemas médicos (que, de paso, me ayudarían a librarme de futuras escuelas al campo).

Y fíjate tú cuán rápido avanza el sociolismo en esta ciudad, que ya el miércoles me habían admitido en el Pre del Vedado; sólo faltaba recoger mis notas en los camilitos, pero mi madre andaba enredada con la dichosa auditoría que aún le están haciendo en el trabajo y yo no quería ir sola, en plan Caperucita Roja, a esa boca de lobo que es Capdevila. Así que pospusimos el viaje al infierno castrense hasta pasado mañana.

Jamás he usado tanto una balanza en mi vida, Esporádico. Ya perdí la cuenta de las veces que deshojé la margarita con esa disyuntiva: me voy, me quedo. Y siempre que salía "me quedo", quería irme y me echaba a llorar y siempre que salía "me voy", se me apretaba el pecho y rompía en llanto, deseando quedarme. Y Humberto me había dado de plazo hasta el mediodía de este domingo para que pusiera el huevo. Y para que le acabara de caer comején al piano, el viernes en la tarde se apareció por aquí Alejandro. Vino directamente de Capdevila, sin antes haber pasado por su casa. Traía ese uniforme medio desteñido que me gusta tanto como le queda y unos ojos desconsolados, inéditos hasta entonces. Me dijo que me echaba de menos. Y yo a él. Le pedí que me esperara en la sala, mientras me cambiaba, para dar un paseíllo por ahí. Me tiré un suéter por arriba, me puse unos jeans y unas medias de lana y le pregunté que si el Malecón y no me dejó terminar la frase. Antes de salir, Tatiana le soltó una grosería; ella, como siempre, haciéndose la simpática. Bajamos por la dichosa avenida, con un crepúsculo que partía el alma, hablando animadamente de trivialidades, hasta que le conté el incidente con Lombardo y el Ale soltó dos cojones y le dio una patada a un banco (que lo hizo cojear el resto del trayecto). Una vez en el muro, hablamos poco. Nos tomamos las manos y no pude controlar el llanto. Le dije que me iba, sin especificarle. Me dijo que lo intuía, sin entrar en detalles. Tenía los ojos aguados. Y me entregó un poema:

Penélope

Entrada la noche, tejo fantasías;
invento mujeres de insomnio y de miedo.
Las amo, las pierdo, las dejo escondidas.
Súplica de rosa, conjunción del fuego.

Entrada la noche, tejo fantasías
y juego a esconderme de los malos tiempos:
del verso pausado, del verso violento,
del candil oscuro. Ráfaga de invierno.

Se fuga la noche. Su telón de estrellas
se esparce en azules y trinos de aves.
Así me sorprende otra vez la mañana,
jugando a la alquimia, destejiendo sueños.

Guardo mi armadura cuando llega el alba,
el héroe se esfuma, me deja en silencio.
Se cierra otro ciclo. Espero a la noche
a que me sorprenda. Estaré tejiendo.

Lo releí en alta voz y le pregunté si tomaría a mal que le diera el beso que meses atrás le había negado, también frente al mar. Me respondió que tomaba a mal que no se lo hubiera dado antes. Decir que el beso duró una eternidad es un lugar común, pero fue una comunión larga y bella y también triste, que más que augurar un comienzo presagiaba una despedida. Le pedí que me perdonara. Me dijo que no tenía por qué. Las horas se nos fueron en un abrir y cerrar de ojos. Me dejó en casa poco antes de la medianoche. Mi madre nos regañó por la tardanza. Y luego le dijo que llamara a su madre —que la pobre debería estar muy preocupada— y que le dijera que iba a quedarse a dormir con nosotras. Y por primera vez en la vida tuve algo que agradecerle a mi hermana: que hubiera escogido esa noche para pasarla en casa del novio. En teoría, Alejandro debía dormir en el sofá de la sala. Pero, querido, ya debes saber que en este país, en esta ciudad, en esta casa, la desconexión entre lo que debe suceder y lo que sucede es enorme. A cuenta y riesgo, te voy a privar de la madrugada más inolvidable de mi vida. (No quiero injuriar tanta belleza al intentar describirla).

Ay, pero la alegría dura poco en casa del herrero. Hoy, al final del almuerzo —bueno, ayer, que escribiendo esto me ha dado la madrugada del domingo—, la mierda desbordó la taza. A mí, que no me atraen particularmente las frutas, se me antojó comerme una naranja. Y luego un mango. Y luego iba a coger otra naranja cuando Tatiana protestó. Y a mí me rejodió tanto volver a discutir por un dichoso cítrico que le di una mala contesta y ella replicó con otra y la cosa fue subiendo de tono y abuela se hizo la chiva con tontera y se metió en su cuarto y mi madre ¡otra vez! se puso de parte de mi hermana y no sé cómo ni cuándo fue a parar el cuchillo a mis manos, ni en qué momento agarré a la Tati por el cuello de su pulóver y le grité que me llevaba ella o me la llevaba yo, para que se acabara la vaina, y mi madre se puso a vociferar que yo había perdido el juicio (y el cajón de aire transmitiendo en vivo a toda la humanidad que lo escucha) y por suerte el cuchillo era de mesa y no tenía filo, porque en lugar de encajárselo en ese vientre que ha digerido más comida en un día que yo en una semana, hice por cortarme las venas (¡sí!, ¿podrás creer semejante disparate?), pero sólo conseguí hacerme este arañazo leve que ves aquí y entonces opté por pegarle una sonora bofetada a Tatiana y su piel que es tan blanca acogió inmediatamente la silueta de mi mano coloreada en rojo y ahí aproveché para decirle que hasta ese momento me había recondenado la existencia y que si se volvía a cruzar en mi camino iba a amanecer con hormigas en la boca, y hablando de boca, por la mía casi soltaba espuma. Y mi madre se quedó en una pieza. Y Tatiana pegó un portazo y desapareció. (Por cierto, la muy HP regresó hace un rato y se fue a dormir al cuarto de su mamita, pobrecita). Y yo me senté en el sofá y me quedé en blanco. Y media hora más tarde tocaron a la puerta. ¿Quién si no? La policía. Entraron y revisaron el apartamento, con la excusa de que unos vecinos habían reportado que escucharon amenazas de muerte (mis gritos, supongo). Mi madre les explicó que no había pasado nada, que la sangre no había llegado al río, que se trataba de histerias e historias de adolescentes que habían desencadenado en una discusión normal entre familia. Y yo entonces pensé que la normalidad en esta casa, en esta ciudad, en este país, gozaba de unos límites anormales. Y cuando los agentes del orden se fueron, la mujer se me paró delante y levantó la mano y sólo atiné a decirle que si me volvía a poner un dedo encima la iba a matar en el acto como a una perra ¡y me escuchó! Y se quedó lívida. Y fue a su cuarto y regresó con mi expediente médico y me lo puso en el regazo y dijo que el resto de los trámites del traslado de escuela los hiciera sola y que, ya que estábamos, me buscara dónde vivir, pues me había pasado y con mucho de la raya. Y yo le dije que perdiera cuidado, que más nunca tendría que preocuparse por mí, que sólo necesitaba que me dejara pernoctar una noche más bajo su techo y el domingo (o sea, hoy) recogería mis cosas y adiós, Lolita de mi vida.

No soy en lo absoluto determinista ni creo que todo lo que sucede conviene, pero esa bronca estúpida selló mis días en este suelo baldío que ensucian nuestras plantas. Son casi las tres de la mañana y ya tengo lista una mochila con un par de mudas de ropa, un cepillo de dientes y un libro de Robert Graves —*Hércules y yo,* no podía haber seleccionado mejor ejemplar, pues en cierta medida, en unas horas yo también saldré a buscar mi vellocino de oro—, y nada de esperar a que caliente el sol allá en la playa, tan pronto despunte el alba arrancaré rumbo a casa de Humberto y de ahí al norte revuelto y brutal, que de ninguna manera puede ser ni la mitad de revuelto ni brutal que esto que te he contado desde que en septiembre te convirtieras en mi confidente. Eso es todo cuanto tenía que decir, Esporádico. Sólo me resta comunicarte algo que es tan definitivo como mi decisión de torcer camino y perderme del Morro. Esta es mi última entrada en tus páginas. Te confieso que hasta pensé en destruirte. Pero no tuve corazón para ello. Por tanto, te dejo atrás, amigo, como mismo dejo a esta ciudad, a esta familia y a esta vida desmigajada entre tus folios. Adiós, querido. Que este colchón que te oculta no pese mucho sobre tus cubiertas.

[28 de febrero de 1996]

Pues bien, teniente, le agradezco el par de horas de lectura que me ha propiciado al entregarme el diario de mi tocaya y mire que lo encuentro tan triste como fascinante. Y déjeme decirle que después de leer su historia me ha dejado una desazón que si la sumara al hecho de que llevamos cuatro días caminando en círculos en este interrogatorio sin pies ni cabeza, me ahogarían las penas del bolero. Y admito que es curioso que la jovencita llevara mi nombre y que hubiéramos nacido el mismo año en la misma ciudad, pero si eso es lo único que a todas luces tenemos en común, entonces esta ridícula acusación de que somos la misma persona es cada vez más risible. ¡Cuántas Penélopes no ha dado el mundo desde que Ulises regresó a Ítaca, señor mío! Ah, eso sí, ya entiendo la tristeza de la pobre mujer al creer que yo era su hija. ¡Si es que tienen un saco de cosas pendientes de resolución entre ellas! Pero ella misma admitió delante de mí y luego de que se le pasara su histeria, que no me reconocía. Así que si ya han agotado todos sus recursos, les agradeceré enormemente que me dejen regresar a mi vida. Que si ustedes no tienen otra mejor manera de emplear su tiempo, yo sí.

[Fin de la transcripción].

La Habana, 9 de abril de 1996

¡Ay, hija! Miro la fecha, releo tu carta, pienso en ti —¡y en el mejoramiento humano!— y me vienen a la mente las palabras iniciales de aquel diario de campaña que tanto leías: «Lola. Jolongo. Llorando en el balcón, nos embarcamos».

Hablando de llantenes: ¡qué salto me dio el corazón al verte! ¡Y qué inesperado ha sido todo! Yo que no contaba con que nos volviéramos a encontrar en esta vida, cómo iba a imaginarme que aparecerías, sin más ni más, de la nada, después de tanto tiempo y tantos malentendidos.

Hace mes y medio, en la mañana del 28 de febrero, la policía se apareció en la casa y empezó a registrarla de arriba abajo, sin ton ni son, y mientras más les preguntaba qué buscaban, más te traían a colación y más me agitaba y más vuelcos me daba este pobre estómago y yo que siempre me he reprochado que —más allá de las de tus días de recién nacida y las que tomamos justo después de que tu padre, tu hermana y yo regresáramos de Angola— no tuviéramos fotos tuyas, en ese momento debería haber dado gracias al cielo por el hecho de que no hay entre estas cuatro paredes ninguna imagen que te congelara en la adolescencia... pero esto lo sabría mucho más tarde, cuando estuvimos cara a cara en la estación de policía y con la sorpresa no pude contener el llanto.

Bueno, por suerte en casa no encontraron fotos tuyas que pudieran identificarte, pero sí dieron con ese diario que ha dormido en el colchón de tu cuarto el largo sueño de los justos. Y yo me quedé maravillada de que jamás hubiera mirado ahí. Pero ¿cómo se me podía ocurrir que tenías un diario, hija mía? ¿Y que lo dejarías aquí cuando desapareciste?

Pues, cuando apareció tu "Esporádico", sin explicarme nada, me llevaron a la estación de policía en la que te tenían retenida —pero esto no me lo dijeron todavía— y me sentaron en una habitación, solita en alma. Al cabo de dos horas (quítale o ponle las que quieras; no estoy segura, no tenía mi reloj), se apareció un oficial y cuando le pregunté si estaba arrestada o si me imputaban algún cargo y a santo de qué venía este revuelo contigo, me contestó que era él quien hacía las preguntas y que qué me parecían tus confesiones. Y yo le dije que no tenía idea de qué estaba hablando y me entregó tu diario y se quedó en la habitación mientras lo leía.

Lloré mucho, Penélope. No te puedo describir mi desconsuelo. Y el oficial, sin perturbarse. Cuando terminé la lectura y casi sin tiempo para acotejarme esta cara que se había descompuesto con el llanto, el policía me tomó por el brazo y me condujo a otra habitación. Y ahí estabas tú. La verdad, yo andaba tan confundida que casi no te reconocí (la voz, ¡cómo te ha cambiado!, y ese corte de pelo, ¡qué bien te sienta!), pero cuando mencionaste el nombre de mi hija, no me pude contener. Pienso que te salvó el hecho de que cuando me sacaron de la habitación les expliqué que aun estaba muy sensible luego de leer tus notas y que de repente, ver a una joven y pensar en la posibilidad de que fuera mi hija me terminó de ablandar. Pero en el acto les juré y perjuré que no, que esa no eras tú y que si me habían sacado de la casa para torturarme con una extraña, que ya me podían estar devolviendo al Palace. De todos modos, uno de los oficiales decidió que me quedara durante el interrogatorio, quizá confiando en que mi presencia te sacaría del paso, pero no contaban con tu ingenio. (Aunque el hecho de que el teniente Romero admitió que no te reconocía fue quizá lo que agilizó que te pusieran en libertad y que luego te dejaran marcharte, otra vez, de la isla. Alejandro estuvo por aquí la semana pasada, "dándole seguimiento" al caso; ese era el motivo oficial de la visita, pero ahí me confesó que tampoco te había reconocido al principio; cuando se dio cuenta de que eras tú hizo todo lo posible por aparentar que estaba sentado frente a una extraña. A Dios gracias, sus superiores le creyeron).

Lo que se me quedó por decirte —dadas las circunstancias— en ese cuartucho sin ventanas fue que en todo este tiempo de nuestra separación no he dejado de pensar en ti, en cómo habría sido tu vida si te hubieras quedado con nosotras. ¿Pero no te diste cuenta de que era una bravuconada mía cuando te dije que buscaras lugar donde vivir? Es que ya no sabía cómo regañarte y no se me ocurrió otra cosa que la amenaza de la expulsión. ¡Pero jamás me imaginaría que la ibas a tomar al pie de la letra! ¡Pero cómo se te iba a ocurrir que te iba a dejar en la calle? Si no te hubiera echado de la casa, ¿igual te habrías ido del país? Ay, me voy en lágrimas de pensar en la respuesta.

Al releer tu diario —que inexplicablemente me devolvieron una vez que te soltaron—, he lamentado mucho nuestra incomunicación de hace una década. Y me he reprochado que no tuviéramos un diálogo más abierto. Y que vivieras bajo mi techo sin yo saber quién eras y sin tú saber de mí. Todavía te debo una disculpa por aquellas peleas que describes en tu cuaderno de notas y por, según dices, haber tomado partido con tu hermana en la mayoría de las broncas. Mi intención era ser imparcial, hija. Pero ya ves, no siempre se consigue lo que se quiere. Perdóname también por haberte pegado. Se nos han ido diez años en este desencuentro y esas dos bofetadas que te di en la víspera de tu partida todavía me siguen doliendo.

En carta que te haré llegar por otros medios te comentaré más al detalle la tuya, pero he escrito esta a la carrera para entregársela al señor coleccionista de arte (que debe venir en un rato a recoger los certificados de autenticidad de las piezas y sus respectivos permisos para ser exportadas). Confío en que él a su vez te la entregará a ti.

Gracias por tus letras. Y por el perdón. Recibe muchos besos y abrazos y todo el cariño que se ha estado incubando en tu ausencia. No te olvido.

Mamá

PD: Por cierto, muy ingeniosa tu manera de hacerme llegar la carta. ¡Cómo se me iba a ocurrir que ese señor era tu esposo!

New York, 24 de marzo de 1996

Ay, madre mía: después de tantos años de no saber la una de la otra, que me vea forzada a comenzar esta carta admitiendo que no puedo imaginar el calvario por el que has pasado es muchas cosas y ninguna de ellas es justa. De veras que no sé como desentrañar para ti esta pesadilla en la que nos hemos visto envueltas y que parece no tener ni un alfa ni un omega. Sospecho que de la misma manera en que me dieron a leer mi diario al final del interrogatorio, hayan hecho lo mismo contigo, pues recuerdo que cuando entraste a la habitación ya tenías los ojos irritados. En cualquier caso, para respetar la cronología de los hechos, me remontaré a aquella última vista del amanecer en el trópico en la proto-primavera de 1987: la mañana del domingo 1 de marzo.

La tinta del diario ya se secó, pero el recuerdo aún está fresco. Al terminar de escribir la última entrada en mi bitácora, garabateé aquella nota ridícula que puse sobre la mesa del comedor —calzada con el pan de Tatiana que decidí no tocar— que, si mal no recuerdo, ponía: «No me esperen para la cena; no regreso». A un paso entre la rabia, la tristeza y el despecho, no tuve corazón ni estómago para despedirme de ti, de mi abuela o de mi antagónica hermana, que había regresado a casa a la medianoche, mientras yo escribía en mi Esporádico. Aún dormían. Tomé la mochila, que cargaba con un libro y algo de ropa interior y —pensando en las musarañas y en Marcel Duchamp y el futurismo— descendí por última vez las escaleras de aquel palacio que ya había visto su esplendor y experimentaba entonces la más pura decadencia. Al salir a la calle comprendí que era demasiado temprano para aparecerme en casa de Humberto, por lo que, en lugar de quedarme a esperar la guagua que me dejaría en su vecindario —de haber dependido del transporte público, quién sabe, ¡quizá todavía estaría en La Habana!—, salí caminando rumbo a Nuevo Vedado. En el trayecto y a plena conciencia, iba despidiéndome de cada esquina, de cada árbol, de cada portal que se desdibujaba en mis pupilas llorosas, de cada olor que de una vez y por siempre abandonaría y la comunión de este paisaje antes común y corriente me embargó en un llanto irrepetible e inconsolable. Llegué a los bajos del edificio de Humbe, ya sin lágrimas que llorar, a las diez y media de la mañana, aunque no toqué a la puerta hasta casi una hora más tarde para dar con la sonrisa de bienvenida de Ariadna, la mujer que una semana antes me había dejado en los bajos del Palace y que era, nada más y nada menos, que la madre de mi amigo. Entré, le acepté la taza del néctar negro y a los pocos minutos de charla, nos dejó solos. Humberto me enseñó la Makarov que había tomado en préstamo de los camilitos y, en un susurro me explicó el plan de acción —lo recuerdo con una claridad que aturde—, que ejecutamos con rigor milimétrico de la siguiente manera: al mediodía nos montamos en el Lada de su padre y no paramos hasta el parqueo de la Casa Central de las FAR; una vez allí, con la mayor naturalidad del mundo, Humbe compró par de pizzas con sus sendos refrescos y fuimos a ver a uno de los civiles (que no era tal) a cargo del alquiler de botes: la hora de almuerzo era ideal para esta movida, pues los miembros del club andaban ocupados en engullir lo poco que vendían en la cafetería o inmersos en sus bullangueras

tandas de dominó o simplemente tirando esa siesta a cielo abierto y
sin bronceador que suele anteceder a las embolias. Humbe le dijo al
civil (que no era tal) que quería alquilar uno de los botecitos a motor
para sacarme un poco más allá del segundo veril; éste lo consulto a
sotto voce con su jefe que estaba —como pescado en tarima— junto a él
en la tarima y el muy sapo objetó que como ambos éramos menores de
edad su subordinado tendría que acompañarnos para garantizar que
estuviéramos todo el tiempo supervisados por un adulto responsable.
Humbertico frunció el ceño, mientras que el civil (que no era tal)
puso cara de "qué le vamos a hacer, donde manda capitán no manda
marinero". A mi amigo no le quedó más remedio, por tanto, llenó
unos papeles, dejó su carné de miembro y pagó los veinte pesos que
costaba la hora. Al minuto estábamos encaramados en el bote, con
chaperón incluido, y enfilábamos mar afuera. Al poco rato, cuando
ya éramos un minúsculo punto en la distancia y la Casa Central de
las FAR apenas se distinguía en la costa escuchamos el inconfundible
sonido de un *walkie-talkie* y una voz que le decía al civil (que no era tal)
que nos estábamos alejando un poco más de lo permisible y antes de
que este pudiera contestarle a su superior que en ese mismo instante
recurvábamos, Humberto —que ya había crecido, al igual que su
nombre— sacó la pistola, disparó al aire y dijo que aquella embarcación
no paraba hasta tocar tierras de libertad (¡lo dijo así!); del otro lado del
aparato le dijeron que se calmara, a lo que respondió que si daba ese
paso era porque estaba curado de espanto y que si no lo dejaban irse
tendrían que recoger tres cadáveres más en ese mar que tantos muertos
había visto, pues nos mataría: al civil —que se puso más blanco que
papel de cebolla—, a mí —que me puse más blanca que la estela que iba

dejando nuestro bote— y que luego se volaría la tapa de los sesos (¡lo dijo así!). El tercer tripulante empezó a balbucear y lamentarse entre sollozos y yo perdí el habla —a la vez que gané, por fin, conciencia de la gravedad de la situación—, mientras Humberto ponía condiciones muy simples: no quería ver aviones, ni avionetas, ni helicópteros, ni lanchas del servicio de guardacostas en millas a la redonda y si le cumplían, no habría nada que lamentar y les devolvería al chaperón y a mí, pero si violaban sus reglas la sangre volvería a teñir las ya de por sí sangrientas aguas del Estrecho de La Florida.

Por una vez se cumplió aquello de que "a enemigo que huye, puente de plata". Quién sabe si fue debido a que el secuestrador era hijo de un general de dos estrellas o al pánico del civil (que no era tal) o a la inminencia de una masacre en altamar y la pesadilla mediática que conllevaría, pero lo cierto es que nuestra fuga al norte del infierno transcurrió sin moros en la costa y sin novedad en el frente.

Cuando nos recogió el guardacostas norteamericano —y para mi absoluta sorpresa—, el tercer tripulante confesó en un inglés de *Tom-is-a-boy* que él había sido quién había ideado el plan de fuga. El tipo resultó ser un recién graduado teniente de las FAR que había decidido unirse al ejército para crear una fachada de fidelidad a la revolución mientras se las ingeniaba buscando una manera de escaparse de la isla. A mí me tuvieron en un centro de detenciones un par de días y luego de varias entrevistas en las que juré y perjuré que yo no había sido secuestrada, si no que estaba allí por voluntad propia y que a Cuba no quería regresar ni amarrada, los oficiales de emigración determinaron dejarme en libertad mientras se me tramitaba la residencia: podía escoger entre un albergue para refugiados o la casa de mi tía; como debes saber, esas primeras noches dormí bajo el techo y el amparo de tu hermana; durante ese tiempo hablamos idiomas inconexos, aunque las palabras pertenecían a la misma lengua de Cervantes: de tal suerte, decidí no contarle los detalles de nuestra odisea marina. (Esto recuerdo que ella te lo contó en una de sus llamadas telefónicas, un día que te llamó pensando que yo no estaba en su casa).

Humberto fue a visitarme tan pronto lo soltaron, que fue poco antes de que cumpliéramos una quincena en la floreciente Florida. Traía flores para mi tía y un par de puros de marca para ese ser anodino que era su esposo y al cabo de las cuatro o cinco horas, luego de haber hablado conmigo hasta por los codos de la vida en el centro de detenciones y casi sin tiempo para contarme de la calurosísima acogida que le había dado la hermana de su madre, se despidió de mis parientes con la misma amabilidad con que había llegado. Al cerrar la puerta tras sus pasos, tu consanguínea me dijo que le estaba muy agradecida al muchacho ese por lo que había hecho por mí, pero ahora que yo vivía en Estados Unidos no tenía necesidad de vincularme con ese tipo de elemento, que en su casa no eran racistas ni mucho menos, pero tampoco había que andar mezclándose con un "sangre de mono". Ni me molesté en corregirla. Tampoco se me ocurrió pedirle disculpas por el portazo. Hasta el sol de hoy no he vuelto a traspasar su umbral.

Ya imagino. Quieres saber dónde viví después de dejar su casa. Lucila y César, "los primates" —que fue como se autobautizaron los muy jodedores al escuchar esta anécdota alucinante— me abrieron los brazos y me acogieron como a la hija que jamás habían tenido. Ellos, que durante años se habían debatido entre la adopción y la no paternidad, de la noche a la mañana se vieron con dos hijos postizos en plena adolescencia. "El Señor actúa de maneras misteriosas", decían a menudo. Y Humbe y yo les contestábamos: "Señor no, ¡Compañero!". Viví con la Lucy y el Káiser el resto del preuniversitario, lo que es decir, dos años y medio. Humberto prefirió que lo matricularan en onceno grado para tener oportunidad de aclimatarse a la nueva realidad sin apuros... ¡y qué bien lo hizo! Al año siguiente, se ganó una beca en Dartmouth College. ¡Era el único alumno negro de su curso! ¡Era también el único hispanoparlante! Yo seguí sus pasos un curso más tarde. La beca me la gané no por ajedrez ni por literatura, como les hice creer a mis captores durante el interrogatorio en La Habana, sino por dramaturgia. La cosa es que nada más de tocar la tierra de Woody Allen me dio por estudiar teatro y actuación ¡y qué bien me vino esta carrera! Al margen del programa de estudios, tuve la oportunidad de tomar infinidad de clases de dicción, expresión corporal y durante mis años de universitaria me subí a las tablas a actuar tanto en obras en castellano como en los más maquiavélicos dramas de Shakespeare, que interpretaba en su lengua original.

No sé si tuviste acceso a las transcripciones del interrogatorio, pero las anécdotas que les conté a mis interlocutores sobre mi nacimiento en La Habana de 1970 como hija de una integrante de las brigadas Venceremos, mi regreso a Estados Unidos, mi madre idealista que devino señora de sociedad, mi padre de crianza adicto al *Wall Street Journal* y que después que lo derroté tres veces seguidas jamás volvería a concederme una partida del juego-ciencia, mi identidad judía, mi aprendizaje en la cotizadísima escuela Dalton, mi participación como extra en ese film inolvidable que es *Manhattan* y hasta la obsesión materna con que aprendiera a hablar con acento cubanos son totalmente verídicas. Sólo que no son mías. Son de Ruth Silverman.

Más allá de lo que conté mientras aquel bombillo me encandilaba y la falta de ventanas me llevaba al borde del paroxismo, en el avión rumbo a Las Bahamas iba con mi mejor amiga de esta última década y de toda la vida. Adivinaste: Ruth Silverman. También venía con nosotras su prometido, Richard Wells. Ambos son graduados —o *sobrevivientes*, si les preguntas a ellos, que aunque son un par de amores están un poquito mimados— de Dartmouth College. En el momento en que secuestraron el avión, estaba sentada en el puesto de Ruth, pues su futuro esposo es otro ajedrecista empedernido y jugábamos una partida en un mini-tablero que llevo a todas partes. Como supondrás, no pude regresar a mi asiento después del incidente, pero me pasé el resto del vuelo analizando los posibles escenarios. Si las autoridades cubanas veían que había nacido en La Habana —y lo iban a ver, que lo primero que hacen en ese país con todo el que llega ya sea por voluntad propia o secuestrado es escudriñar quién es— yo tenía una ligera ventaja: las autoridades cubanas no me esperaban. Así que decidí robarles la iniciativa y jugar con las blancas.

Cuando aterrizamos en Pinar del Río, tanto Ruth como David, que se saben mi historia de arriba abajo, temieron lo peor. Sólo atiné a decirle a Ruth que pretendiera no conocerme; yo tomaría su lugar e improvisaría según los acontecimientos. Y delante de ella, me tomé la primera licencia y besé a su novio. A Richard se le pusieron las orejas rojas, pero Ruth no se dio vuelta lo suficientemente rápido como para evitar que le viéramos la sonrisa. (Dicho sea de paso, ella sí nació en La Habana, pero gracias a las artimañas de su señora madre —que son disímiles y poderosísimas—, en su pasaporte aparece New York).

Durante esta partida que jugué contra los torpes interrogadores cubanos, sólo temblé dos veces ¡y no precisamente a la entrada de la viña! Cuando te vi aparecer por la puerta y horas más tarde, cuando vi traspasar el mismo umbral al bueno de Alejandro, ¡ahora de teniente! Pero en ambas ocasiones supe, de inmediato, que ninguno me defraudaría. Si no flaqueé durante esos momentos fue ¡gracias al método Stanislavski! Estaba representando un show para ustedes y tampoco los quería hacer quedar mal.

A todas estas, tan pronto el avión que partió el mismo 24 de febrero en la tarde tocó suelo de Nassau —con toda la tripulación y el total de pasajeros excepto el secuestrador y quien te escribe—, Ruth llamó a su madre, quien se puso en contacto de inmediato con sus contactos (que en mi tierra adoptiva, quien tiene amigos *sí* tiene un central) y estos llamaron a la Oficina de Intereses en La Habana, y de ahí empezaron a presionar al gobierno cubano —todo por debajo del tapete y sin que yo tuviera noticia de ello— para que me liberaran. Me soltaron poco antes del anochecer del 28 de febrero, pero ya no había vuelos con plazas vacantes rumbo a Estados Unidos para ese día (o por lo menos eso me dijeron). Yo dije que no importaba, que me montaran en uno rumbo a cualquier parte, pero ellos que no, que me devolverían a mi país en la primera oportunidad. Pero me alojaron una noche en el hotel Habana Libre, a cinco cuadras del Palace, y yo sin poder ir a verte. Mi vuelo saldría a la mañana siguiente, poco antes del mediodía. Esa madrugada casi no pude dormir, pero ni me levanté de la cama por temor a que me estuvieran vigilando con cámaras ocultas. Al amanecer, bajé por la Rampa hasta ese dique de contención que no deja que entre el agua ni salgan los cubanos y le pregunté al primer transeúnte que se me cruzó —con el mismo acento habanero que mantuve durante los interrogatorios— que si caminaba por el Malecón, cuánto tardaría en llegar al Paseo del Prado y, de paso, en qué rumbo estaba esa famosa Alameda de los Leones. El tipo me miró con unos ojos que decían "y a ésta qué mosca la habrá picado", pero se volvió al este y señaló en dirección al Morro y si hay una foto que captura este instante en las oficinas de la Seguridad del Estado, se podrá apreciar que el posible agente que habían enviado a cruzarse en mi camino estaba hablando con una persona que no conocía la capital.

Luego de la caminata me di una ducha fría y a las diez de la mañana salí rumbo al aeropuerto, preguntándole al chofer que me había tocado en suertes todo tipo de cursilerías. Mi avión despegó, con atraso habitual, a la una y media de la tarde y no suspiré aliviada hasta haber cruzado el control de aduana del Miami International Airport.

Ah, se me olvidó decirte que el motivo del viaje a Las Bahamas era celebrar el compromiso de bodas de Ruth y Richard. Se casarán en julio de este año, en New York. Ya nos esperaban en Long Island —habían viajado un día antes; Richard, Ruth y yo nos retrasamos por cuestiones de trabajo—, Humberto y su novia —una parisina preciosa a quien Humbe y tu hija, en secreto y por el irreprimible ansia de joder, llamamos "el aya de la francesa"— y Jonathan Levinson, mi novio desde el segundo año de la universidad y esposo desde el 15 de junio de 1995.

Ya que estamos revelando secretos: el coleccionista de arte que ha venido a ver tu pinacoteca y que, de hecho, va a comprar en la galería Ceiba —que según tengo entendido aún diriges— una pieza de Antonia Eiriz y que a ti te intentará comprar, de tu colección privada, ese Carlos Enríquez fabuloso que tienes en la sala y que dicho sea de paso es quien acaba de salir por esa puerta luego de hablar de arte y aceptarte un cafecito y entregarte esta carta es tremendo arquitecto y es también nada más y nada menos que tu yerno. A su regreso en tres días —cuando vuelva a recoger las obras y los permisos de exportación de las mismas— trátalo como si no lo fuera, que temo que todavía estén vigilándote. Escríbeme con él. Y no se te ocurra guardar esta kilométrica carta entre los muelles tullidos de mi colchón, ¡que ya ese escondite está quemado! Hablando de quemaduras de primer orden y tercer grado: ¡pégale candela a esta carta!

Y no olvides que te perdono todo lo que haya que perdonar. Y que espero que me perdones todo lo perdonable. Y ojalá nos podamos ver en un futuro muy cercano, mejor aquí que allá. Así que repasa los libros y dile a mi tía Marta que te dé unas clasecillas básicas y aprende un poco de teoría y estúdiate dos o tres defensas y afílate en finales de peones, de torres rígidas, de filosos alfiles, de caballos encabritados, de reinas estoicas y reyes testarudos, que después de darte el beso y el abrazo de rigor y quizá incluso antes de comerte a preguntas, te sentaré frente a un tablero de ajedrez en el que, ya sin la eterna espada de Damocles sobre nuestras cabezas, sin miedos, sin rencores, jugaremos —luego de todos estos años— la tan añorada apertura cubana.

Nota y agradecimientos

La apertura cubana es un palimpsesto, un texto escrito sobre la superficie de otros textos; en este se combinan un desmedido amor por la parodia y la imperiosa necesidad de contar una historia que me asaltó de golpe a treinta mil pies de altura.

***

Opté por la narración en primera persona dado el reto y la libertad que presuponía escribir desde los puntos de vista de dos jóvenes de quienes me separaban el género y la edad... o, como dijera el bolero, el tiempo y la razón. La recompensa fue instantánea. Pongo el ejemplo que me es más grato: *Salidas de emergencia*, mi primera novela, tenía de protagonista a un personaje que se me asemejaba bastante —compartíamos generación, raza, estudios y otras tenues circunstancias personales— y eso hizo que nunca perdiera el tufillo de libro autobiográfico. Mientras escribía *La apertura cubana* descubrí que, si se me antojaba, podía desgranar toda mi vida entre sus líneas, que el simple hecho de que las protagonistas fueran una adolescente y una veinteañera eliminaría automáticamente cualquier asociación con mi persona.

Mis amigos más cercanos —los mismos que insisten en verme en el David Martin de mis *Salidas de emergencia*— me garantizan que en lo absoluto es *La apertura cubana* una novela autobiográfica. (Y yo hago lo que me enseñaron mis mayores: me río solo y de mis maldades me acuerdo).

Por otra parte, sospechaba que el formato de estas fuentes primarias —un diario, las transcripciones de un interrogatorio y par de cartas— además de eliminar la intromisión de un narrador omnisciente, me permitiría manipular a mi antojo —y el de las dos Penélopes— la urgencia narrativa de ambos personajes y, de paso, explorar ciertas obsesiones temáticas, parodiar ciertos textos y contextos, homenajear otros e incluir en el libro poesía lírica, poesía satírica, crítica literaria, canciones de mi acervo cultural y perversiones de las mismas, jugos y juegos de palabras e infinidad de guiños al lector cómplice. Me interesaba mostrar el artificio al lector —decirle: esto es la entrada de un diario y esto es la transcripción de un interrogatorio— y luego hacer que olvidara que estaba "leyendo" y pensara que estaba "escuchando" a las protagonistas.

***

Por raro que parezca, Penélope Díaz —como muchos jóvenes cubanos de su edad— durante su adolescencia soñó con ser argentina; de ahí que se sintiera tan a gusto lo mismo entre alguna cita a Borges que derrochando su fanatismo juvenil por Fito Páez. Al margen de la obsesión por el sur —y para ser fiel al "espíritu de la época"—, abrí su abanico de influencias, así como su marco referencial, haciendo que estos abarcaran desde la tierra más baldía de Eliot hasta el más insoportable dibujo animado ruso.

Por otra parte, la joven es también un poco el retrato de mi generación: una generación condenada a la espera. No en balde lleva el nombre de la esposa que tuvo que aguardar el regreso de su amado durante veinte largos años. Sin embargo, su tocaya de *La Odisea* es premiada —luego de dos décadas— con el reencuentro, mientras que la espera de mi protagonista —que es la espera de mi generación, que es mi espera— parece no tener fin.

Al igual que Penélope, añoro el día en que podamos jugar esa apertura cubana en mi triste, pintoresca y desolada Ítaca.

***

Hay un par de escenas en *La apertura cubana* que —cambiando nombres y ligeramente modificadas— aparecen en *Don't Make a Scene*, de la novelista Valerie Block. La coincidencia no es gratuita. Valerie Block es mi esposa. Mientras escribía dicha novela, me habló de su interés en explorar la vida de un "camilito". La historia que quería contar era, salvando algunas distancias y giros de la trama, la misma historia que tantas veces oyera contada por mí; era mi historia. Sí, a mí también —quizá en el momento más miserable y feliz de toda mi adolescencia— me acusaron de ser "una deshonra al uniforme militar". Como colofón y para mi eterno orgullo y vanagloria, me expulsaron de dicha institución castrense.

Siempre supe que en algún momento no tan futuro querría recoger algunos episodios de mi vida en el ámbito de los cuarteles y la estulticia uniformada y endilgárselos a un personaje mío, pero cuando Valerie me preguntó si tendría algún inconveniente en que usara estos pasajes en su obra, le dije lo que el lector imagina: en lo absoluto. Lo hice pues tenía la completa certeza de que los dos podríamos contar los mismos sucesos y, a la vez, hacerlo de maneras muy diferentes. De ahí que ella tenga una novela en la que uno de los protagonistas comparte una porción de mi adolescencia y yo tenga una novela en la que una de mis protagonistas comparte una porción similar de mi adolescencia. Ambas novelas tienen un punto de encuentro —ese antro de la mala idea que fuera la Escuela Militar Camilo Cienfuegos de Capdevila—, pero son tan disímiles los relatos y sus derroteros que, en mi parecer —es posible que se complementen, pero— no se hacen interferencia.

***

La apertura cubana tuvo el inmenso privilegio de contar entre sus primeros lectores a César Reynel Aguilera, Axana Álvarez, Ada Baisre, Oda Blanco Rubinos, Valerie Block, Teresa Dovalpage, Paquito D'Rivera, Florencia Durán, Queta Fernández, Orlando Justo, Ruth Kunstadter, Geandy Pavón, María Luisa Pérez y Eida del Risco. Todos me brindaron su apoyo y entusiasmo, hicieron sugerencias muy atinadas y señalaron alguna que otra bochornosa errata o incoherencia en el texto. Por tanto, aquí y ahora les extiendo mi más profundo agradecimiento.

Las primeras cincuenta mil primeras palabras de *La apertura cubana* fueron escritas en noviembre de 2008, gracias al impulso que me dio NaNoWriMo —que significa: National Novel Writing Month, cosa que si se traduce a la carrera quedaría como: "Mes (nacional) para escribir novelas"—. El resto del libro fue escrito entre los meses de marzo y abril de 2009, durante una muy fructífera estancia en la American Academy in Rome. De tal suerte, agradezco muy encarecidamente al Comité de Admisión de la American Academy in Rome por aceptar mi solicitud y acogerme durante esos dos meses que me supieron a gloria.

***

Vaya mi agradecimiento a Asdrúbal Hernández, artífice de Sudaquia Editores, por el voto de confianza y el entusiasmo con el libro. Pongo en letra de molde que deseo para su Venezuela un futuro del que los jóvenes no quieran huir como huyeron mis personajes (y su autor) de Cuba.

***

A Valerie Block, mi esposa —con quien comparto una vida y tantos libros—, no tengo palabras para expresarle toda mi gratitud por su apoyo constante. O quizá sí tengo las palabras, pero no caben en este libro. Por lo pronto, me quedo con las más directas: ¡gracias, Valerie!

***

Para cerrar, doy fe de que los nombres, personajes e incidentes narrados en esta novela provienen de la imaginación del autor. Cualquier similitud con hechos reales será producto de la casualidad y de ciertos efectos especiales.

Novedades:

Blue Label / Etiqueta Azul — Eduardo J. Sánchez Rugeles

El azar y los héroes — Diego Fonseca

Hermano ciervo — Juan Pablo Roncone

Nostalgia de escuchar tu risa loca — Carlos Wynter Melo

Sálvame, Joe Louis — Andrés Felipe Solano

La casa del dragón — Israel Centeno

La filial — Matías Celedón

El último día de mi reinado — Manuel Gerardo Sánchez

El inquilino — Guido Tamayo

El amor en tres platos — Héctor Torres

Todas las lunas — Gisela Kozak

www.sudaquia.net

Otros títulos de esta colección:

www.sudaquia.net

Made in the USA
Charleston, SC
11 August 2014